Moacyr Scliar

O imaginário cotidiano

© Moacyr J. Scliar, 2001
3ª Edição, Global Editora, São Paulo 2002
5ª Reimpressão, 2022

Jefferson L. Alves – diretor editorial
Richard A. Alves – diretor de marketing
Rosalina Siqueira – assistente editorial
Flávio Samuel – gerente de produção
Maria Aparecida Salmeron e Rosalina Siqueira – revisão
Eduardo Okuno – capa
Antonio Silvio Lopes – editoração eletrônica

Dados Internacionais de Catalogação na Publicação (CIP)
(Câmara Brasileira do Livro, SP, Brasil)

Scliar, Moacyr, 1933-2011.
   O imaginário cotidiano / Moacyr Scliar. – São Paulo –
3. ed. – Global, 2002.

   ISBN 978-85-260-0729-1

   1. Crônicas brasileiras. I. Título.

01-4375   CDD-869.935

Índices para catálogo sistemático:
1. Crônicas : Século 20 : Literatura brasileira   869.935
2. Século 20 : Crônicas : Literatura brasileira   869.935

Obra atualizada conforme o
NOVO ACORDO ORTOGRÁFICO DA LÍNGUA PORTUGUESA

Global Editora e Distribuidora Ltda.
Rua Pirapitingui, 111 — Liberdade
CEP 01508-020 — São Paulo — SP
Tel.: (11) 3277-7999
e-mail: global@globaleditora.com.br

(g) globaleditora.com.br   @globaleditora
(f) /globaleditora   @globaleditora
(▶) /globaleditora   /globaleditora
(●) blog.grupoeditorialglobal.com.br

 Direitos reservados.
Colabore com a produção científica e cultural.
Proibida a reprodução total ou parcial desta
obra sem a autorização do editor.

Nº de Catálogo: **2280**

O imaginário cotidiano

Introdução

Dizem que Dalton Trevisan guarda notícias de jornal para delas depois extrair suas histórias. Quem conhece os contos do grande escritor paranaense não duvida desta afirmação: a realidade está ali sempre presente – mediada, naturalmente, por seu talento ficcional. Porque para o talento qualquer coisa pode ser ponto de partida. Inclusive e principalmente as notícias do dia a dia.

As histórias que compõem o presente volume foram escritas para a seção "Cotidiano", do jornal *Folha de S.Paulo*. Quando recebi o convite para fazê-lo fiquei, a princípio, em dúvida: eu deveria escrever histórias – ou crônicas, como muitos outros colaboradores da imprensa brasileira? A resposta do editor foi taxativa: tratava-se de ficção, de narrativas imaginárias. Lancei-me então à tarefa que, no começo, se revelou difícil. Como ficcionista, eu estava habituado a trabalhar com meu "noticiário" interno, com minhas próprias ideias. De repente, porém, a coisa começou a funcionar. Descobri então o motivo pelo qual Dalton Trevisan teria guardado seus recortes: atrás de muitas notícias esconde-se uma história pedindo para ser contada. É a história virtual que complementa ou amplia a história real (se é que sabemos exatamente o que é uma história real). A partir daí eu tinha uma nova fonte de inspiração – e de prazer. É este prazer que pretendo partilhar com os leitores.

O Autor

Sumário

Vício secreto 11

O inferno é aqui mesmo? 13

Nervosismo 15

Sonho em grego 17

A glória da bala perdida 19

Casamento com o destino 21

No espaço, sim, mas não perdido 23

Nada como a instrução 25

A cidade dos macacos 27

Toda nudez será castigada 29

O ursinho, não 31

Quanto valho? 33

Os direitos de Maria 35

A vida em papelão 37

A força da lei 39

Roteiro turístico 41

O gigantesco objeto do desejo 43

E foram todos à praia 45

Caixa-preta 47

O beijo no escuro 49

O futebol e a matemática 51

O bebê do milênio 53

Os estranhos caminhos da Internet 55

Viés 57

A casa das ilusões perdidas 59

Histórias extraterrestres 61

Abolindo a abolição 63

Meu pai, meu pai, por que me abandonaste 65

A cor dos nossos rins 67

História telefônica 69

A insônia dos justos 71

O grande encontro dos desaparecidos 73

Olhar contábil 75

Um dia na vida do cartão inteligente 77

A agenda do sexo 79

Inconfiáveis cupins 81

A briga do falso 83

Dormir, não. Sonhar, muito menos 85

Os cachorros emergentes 87

Sonho ovular 89

O sexo no jogo, o jogo do sexo 91

Reversão da expectativa 93

A vida em *fast-forward* 95

Dublê: uma dupla história 97

Ladrões: o impossível diálogo 99

Ao telefone, sexo é outra coisa 101

O gol plagiado 103

A insuportável transparência das coisas 105

Amiga é para essas coisas 107

O casamento é virtual. A vida é real 109

Conversa com a cafeteira 111

Apagando memórias 113

A viajante solitária 115

A vingança das gravatas 117

A prova do amor 119

Duas escovas de dente, um copo 121

O mistério do cemitério virtual 123

O Outro 125

A mensagem desejada 127

O dilema da porta giratória 129

A voz do corpo 131

O Grande *Recall* 133

Último desejo 135

Sonhando o sonho impossível 137

O último trabalhador 139

Uma história de Natal 141

O trabalho enobrece 143

Sonho de lesma 145

O grande suspense 147

Investindo no futuro 149

A vida nos túneis 151

Espírito carnavalesco 153

Laços de família 155

A distância não é inimiga da gratidão 157

Fantasias no banheiro 159

O turista inusitado 161

Não mentirás 163

Não nos deixes cair em tentação 165

A cor dos nossos juros 167

Onde todos os túneis se encontram 169

Começando a vida sexual 171

Tormento não tem idade 173

Cobrança 175

Esta exótica planta, a vingança 177

A ilegível caligrafia da vida 179

Vício secreto

> **"Assaltada 6 vezes, empresária finge-se de pobre."**
> *Cotidiano*, 5 jan. 1998

Depois de ser assaltada várias vezes, ela decidiu que estava na hora de mudar de vida. De nada adianta, dizia, andar de carro de luxo e morar em palacete se isso serve apenas para atrair assaltantes. De modo que comprou um automóvel usado, mudou-se para um apartamento menor e até começou a evitar os restaurantes da moda.

Tudo isso resultou em inesperada economia e criou um problema: o que fazer com o dinheiro que já não gastava? Aplicar na Bolsa de Valores parecia-lhe uma solução temerária; não poucos tinham perdido muito dinheiro de uma hora para outra – quase como se fosse um assalto. Outras aplicações também não a atraíam. De modo que passou a comprar aquilo de que mais gostava: joias. Sobretudo relógios caros. Multiplicavam-se os Bulgari, os Breitling, os Rolex. Já que o tempo tem de passar, dizia, quero vê-lo passar num relógio de luxo.

E aí veio a questão; onde usar todas essas joias? Na rua, nem pensar. Em festas? Tanta gente desconhecida vai a festas, não seria impossível que ali também houvesse um assaltante, ou pelo menos alguém capaz de ser tentado a um roubo ao ter a visão de um Breitling. Sua paranoia cresceu, e lá pelas tantas desconfiava até de seus familiares. De modo que decidiu: só usa as joias quando está absolutamente só.

Uma vez por semana tranca-se no quarto, abre o cofre, tira as joias e as vai colocando: os colares, os anéis, os braceletes – os relógios, claro, os relógios. E admira-se longamente no espelho, murmurando: que tesouros eu tenho, que tesouros. O que lhe dá muito prazer. Melhor: lhe dava muito prazer. Porque ultimamente há algo que a incomoda. É o olhar no rosto que vê no espelho. Há uma expressão naquele olhar, uma expressão de sinistra cobiça que não lhe agrada nada, nada.

O inferno é aqui mesmo?

> **"Preso do trânsito usa blasfêmia como escape."**
> *Cotidiano,* 8 dez. 1997

Preso no trânsito, ele perdeu a paciência e pôs-se a gritar, esmurrando o volante:

– Diabo! Diabo!

Ouviu-se um estrondo, uma nuvem de fumaça invadiu o interior do carro e, quando ela se dispersou, lá estava, sentada no carro, a figura inconfundível: os pequenos chifres, os olhinhos malignos, o rabo. O Diabo, em pessoa, sorridente:

– Chamaste-me? Aqui estou.

Apavorado, o motorista não sabia o que dizer. Queria voltar atrás, foi engano, Senhor Diabo, eu não chamei ninguém, eu estava apenas protestando contra o trânsito; mas, como se tivesse adivinhado o seu pensamento, o demônio apressou-se a acrescentar:

– E vim para ficar. Você sabe, ninguém invoca impunemente o nome do Demônio. De modo que você pode me considerar seu eterno passageiro. Relaxe, fique tranquilo. Temos muito tempo para conversar.

O pobre homem não dizia nada. Olhava o tridente que o Diabo tinha ao lado e se perguntava em que momento começaria a ser espetado com aquela coisa. Isso sem falar no fogo do inferno que decerto em pouco tempo estaria aceso ali. Tentou disfarçadamente abrir a porta; como suspeitava, estava trancada. Demônios sabem como usar a tecnologia moderna contra suas vítimas. Suspirou, pois, e preparou-se para o sofrimento.

O trânsito continuava parado, as horas passavam, e o Diabo, que de início falara loquazmente sobre as delícias do castigo eterno, agora mostrava-se silencioso. Mais, mexia-se inquieto no banco de trás. E de repente não se conteve:

– Mas será que essa coisa não anda, meu Deus do céu?

Novo estrondo, e nova nuvem, dessa vez luminosa; o demônio tinha sumido e, em seu lugar, estava um ancião de esplêndidas barbas brancas.

– O Diabo já deveria ter aprendido que não se invoca o meu santo nome em vão – disse.

– Mas você é Deus! – exclamou o motorista, maravilhado.

– Pode me chamar assim – disse Deus. – Ah, e pode fazer um pedido, também. Você merece.

O homem não hesitou:

– Quero que você me tire agora deste congestionamento.

Ao que Deus abriu a porta e saltou. Antes de ascender aos céus, esclareceu:

– Desse trânsito, meu filho, nem Deus te tira. Acho melhor você chamar o Demônio de novo.

Nervosismo

> **"Mercado nervoso deixa operador neurótico."**
> *Cotidiano*, 24 jul. 1997

O operador da Bolsa chegou agitadíssimo ao consultório do psicanalista. Sem sequer tirar o casaco ou afrouxar a gravata, atirou-se no divã e foi logo dizendo que não aguentava mais a tensão, que a Bolsa de Valores acabaria por matá-lo, que só naquele dia tinha tomado três tipos de tranquilizantes; insuportável, a instabilidade, os boatos, os sobe e desce.

O psicanalista ouviu-o, em silêncio. Por fim, numa voz neutra, com palavras cautelosamente escolhidas, deu a sua interpretação. Estou me perguntando, disse, o que pode significar a Bolsa de Valores para você. Até agora, as cotações subiam, era uma bonança. Você sentia-se tranquilo, como a criança no útero materno – a Bolsa de Valores representava para você a bolsa das águas. Você tinha ali todas as suas necessidades atendidas. Os rendimentos eram como os nutrientes que o bebê recebe, sem pedir, da mãe que a natureza lhe deu. Mas aí as cotações começaram a oscilar; e o que são esses picos agudos, agressivos, senão um símbolo fálico? O útero materno é bruscamente substituído pelo falo paterno. O seu complexo de Édipo é mobilizado, você entra em ansiedade aguda e corre para o divã.

Deitado, olhos fixos no teto, o operador ouvia atentamente. E dava-se conta de que já se sentia melhor, que aquela razoável explicação tinha lançado luz sobre algo que para ele sempre fora mistério. E já ia dizer isso, que estava se sentindo muito melhor, quando de repente ouviu um soluço. Voltou-se, e ali estava o terapeuta em lágrimas. Desculpe, ele disse, mas, ouvindo o seu relato, lembrei que tenho todas as minhas economias aplicadas na Bolsa e que acabo de perder um dinheirão.

Consternado, o operador tentou consolá-lo. Como o próprio terapeuta tinha dito, a Bolsa nada mais é do que um equivalente da bolsa das águas em que o feto repousa sem ser incomodado e que os picos agudos nas cotações representam apenas símbolos fálicos.

Mas o psicanalista não queria interpretações. Queria o seu dinheiro de volta. E como isso não era possível, avisou, teria de aumentar o preço do tratamento. O que o paciente aceitou, resignado. Oscilações, sobretudo para cima, fazem parte da Bolsa da vida. Ao fim e ao cabo, trata-se apenas de símbolos fálicos.

Sonho em grego

> **"Varredor de rua fala grego."**
> *Cotidiano*, 20 mar. 1997

Cansado depois de um dia de exaustivo trabalho, o varredor de rua que falava grego adormeceu e teve um sonho. Estava de novo na mesma avenida que havia varrido só que, por algum ato maligno, o lixo que ele recolhera havia voltado: as sarjetas estavam cheias de papéis, de garrafas vazias, de restos de comida. Desanimado, ele olhava aquilo sem saber o que fazer quando de repente avistou, saindo das sombras da noite, três vultos. Três homens vestindo túnicas gregas, o que, fora do período carnavalesco, não deixava de chamar a atenção. O primeiro impulso do varredor foi sair correndo – só lhe faltava ouvir reclamações daqueles estranhos tipos sobre a sujeira. Os três, porém, mostravam-se amistosos. Falando em grego, informaram que tinham vindo de um passado longínquo e de um país igualmente longínquo para conhecer uma pessoa que, embora simples, dominava um idioma tão erudito. Cada vez mais intrigado, o varredor perguntou quem eram.

– Eu me chamo Sócrates – disse o homem. – E estes aqui são Platão e Aristóteles.

Com isto, teve início uma animada conversa, que se prolongaria por toda a noite. Os três filósofos queriam saber a opinião do varredor a respeito de suas obras. Ele não se fazia de rogado. Para Sócrates, por exemplo:

– Esta história de "só sei que nada sei" não está mais com nada, Sócrates. Isto é conversa de cara querendo escapar da Justiça. Hoje em dia as pessoas querem saber das coisas. Além disto, aquela coisa de ensinar filosofia caminhando pelos bosques acabou. Você agora tem de se ligar na Internet.

Para Platão, ele também tinha uma advertência:

– Essa coisa de amor platônico acabou, meu amigo. Agora é pão, pão, queijo, queijo. Ou seja: ajoelhou, tem de rezar. Percebe o que estou dizendo?

Platão não percebia muito bem, mas prometeu pensar no assunto. Já Aristóteles, embaraçado, resolveu desviar a conversa para a biologia – e se deu mal. O varredor não o poupou de suas críticas:

– Há muito tempo eu estava para lhe dizer, Aristóteles, que aquela teoria da geração espontânea, de bichos nascendo do lixo, já era. Olha, eu trabalho com lixo há muito tempo e posso garantir: bicho, aqui, só os que já existiam. Agora, se você me falar de clonagem é outro papo.

Os filósofos, muito impressionados, agradeceram os conselhos e perguntaram o que podiam fazer pelo homem. O varredor não teve dúvidas:

– Vocês podiam me ajudar a recolher esse lixo.

Mas isso, nem em sonho. Filosofia remove bem os entulhos do pensamento. Lixo propriamente dito é outro departamento.

A glória da bala perdida

> **"Quatro são feridos por bala perdida."**
> *Cotidiano,* 7 nov. 1996

Que triste destino o meu, suspirava a Bala Perdida. E tinha razão: entre as Balas Certeiras, a sua reputação era lamentável, para dizer o mínimo. À diferença delas, a Bala Perdida não tinha rumo certo, não tinha alvo definido. Disparada a esmo, ela ia cravar-se numa parede, ou no tronco de uma árvore, ou simplesmente perdia-se. Poderia até cair na água suja de um charco qualquer, onde ficaria por muito tempo, até que misericordiosa ferrugem viesse corroer o metal de que era feita, terminando assim com o seu sofrimento.

O pior não era tanto o fracasso, que afinal é parte da existência. O pior era a inveja. As Balas Certeiras se gabavam, e com razão, do estrago que faziam. Hoje vou estourar um crânio, dizia uma, e outra acrescentava: hoje vou varar um pulmão. Havia aquelas que sonhavam em destruir múltiplos órgãos, ou atingir mais de uma pessoa de cada vez.

A Bala Perdida não podia permitir-se esses sonhos. As outras sabiam disso. Mal eram colocadas no tambor do revólver, começavam a debochar: então, o que vai ser hoje? Um muro caindo aos pedaços? A parede de um barraco imundo? A Bala Perdida nada respondia. Aguardava somente o doloroso instante da percussão, aquele instante em que, depois da explosão, seria projetada no espaço infinito, rumo a um alvo infamante.

E de repente isso mudou.

Um dia o revólver disparou várias vezes. As Balas Certeiras partiam, alegres. Quando chegou a vez da Bala Perdida ela foi, resignada, esperando sofrer o impacto humilhante em tijolo de barro ou em madeira apodrecida. Mas não; para sua surpresa foi em carne que ela mergulhou, a carne macia da perna de um homem. Ele gritou, e seu grito foi música para a Bala Perdida. Seguiu--se uma jornada excitante: o homem foi levado para o hospital e uma operação foi necessária e o cirurgião comentou com os assistentes: Puxa vida, foi difícil extrair essa bala perdida. Mandou recolhê-la num saco plástico. E ali, examinada por muitos, a Bala Perdida viveu seu instante de glória maior. Queriam saber de seu calibre, queriam saber de onde tinha sido disparada, queriam até examiná-la sob lentes.

A hora das Balas Perdidas tinha chegado. Daí em diante elas passariam a fazer parte do noticiário, ganhando até manchetes. Havia, sim, um deus das Balas Perdidas. E ele tinha por fim manifestado a sua vontade poderosa.

Casamento com o destino

> **"Mulher casa-se consigo mesma."**
> *Mundo,* 18 jun.1998

Decidida a se casar consigo mesma, ela optou por transformar o fato não apenas numa festa, mas numa celebração: a celebração da individualidade triunfante. Não preciso de ninguém para ser feliz, era a mensagem que queria transmitir, mas sem rancor, sem ressentimentos; ao contrário, partilharia com muitos amigos essa felicidade enfim descoberta.

Para isso, organizou cuidadosamente a cerimônia. Havia um convite para o casamento em que, naturalmente, figurava apenas o seu nome; havia a cerimônia propriamente dita, que contaria com o apoio de um juiz de paz heterodoxo; e finalmente havia a grande recepção, para mais de duzentas pessoas. Entre elas, um convidado especial: o ex-noivo.

Durante quatro anos haviam acalentado o projeto de viver juntos. E então, subitamente, ele desistira. Não nasci para viver com outra pessoa, ele lhe havia confessado. Num primeiro momento, ela se desesperara: mas como, depois de um noivado tão longo, você me diz uma coisa dessas? Depois, compreendera e aceitara. E pretendia até que o seu casamento servisse de modelo para ele e outros solitários: o matrimônio individualizado se transformaria numa instituição do nosso tempo.

E aí veio o dia do casamento, e lá estavam todos os convidados, alguns espantados, mas todos alegres, o ex-noivo e o juiz de paz. Diante desse homem, ela compareceu, vestida de branco, com véu e grinalda, pronta para o momento decisivo.

Aí, algo aconteceu. Quando o homem lhe perguntou, tal como previsto, "Aceita esta mulher como sua legítima esposa?", a resposta que ela deu, numa voz rouca, uma voz que não era a sua, foi um rotundo "Não".

Ela ainda está perturbada com o que aconteceu. Não sabe por que disse não. E, sobretudo, não sabe que estranha voz foi aquela. Enquanto não tiver respostas para estas perguntas, não descansará. Pior: continuará solteira.

No espaço, sim, mas não perdido

> **"Chega aos cinemas *Perdidos no Espaço.*"**
> *Ilustrada*, 2 jul. 1998

A nave espacial já tinha vencido a zona de gravidade da Terra e aproximava-se da Lua, quando de repente o comandante arregalou os olhos: à frente deles, em pleno espaço, estava um homem.

Vestia um improvisado traje de astronauta, confeccionado com retalhos plásticos e um capacete feito de um velho aquário. Ali estava, sorridente, como se esperasse pela espaçonave.

O comandante mandou parar, e o estranho astronauta aproximou-se.

– Quer que limpe o para-brisa? – perguntou, num inglês de estranho sotaque. – Ou quer que lave toda a nave? Se quiser, pode deixar comigo. Se quiser estacionar, eu cuido também.

– Mas de onde você é? – perguntou o comandante, assombrado.

– Sou brasileiro – foi a resposta. – Faz pouco tempo que cheguei. E estou gostando muito, para dizer a verdade.

– E o que é que você faz aqui?

– De tudo um pouco, lavo espaçonaves, como lhe disse, limpo para-brisas. E tenho umas coisinhas para vender, pilhas, cassetes, fones de ouvido... Essas coisas do Paraguai, o senhor sabe. Numa viagem sempre podem ser necessárias.

A tripulação toda estava boquiaberta.

– Vocês querem saber como vim parar aqui – continuou o brasileiro. – Bem, não foi por vontade própria. Até há um mês atrás, eu estava empregado numa fábrica. Bom emprego, eu ganhava bem. Aí veio a crise. Um dia eu cheguei à fábrica e o gerente me disse: "Sinto muito. Seu emprego foi para o espaço". Já pensou? Foi pro espaço.

Sorriu.

– Agora: eu não sou de desistir. Acho que a gente tem de correr atrás de emprego, de qualquer emprego. Se o emprego vai pro espaço – eu vou junto. É por isto que estou aqui. Não estou perdido, não. Estou lutando pela vida. O senhor não teria umas moedinhas sobrando?

Nada como a instrução

"Rico estuda cinco anos mais."
Cotidiano, 17 jul.1998

O senhor não me arranja um trocado?, perguntou o esfarrapado garoto com um olhar súplice. Outro daria o dinheiro ou seguiria adiante. Não ele. Não perderia aquela oportunidade de ensinar a um indigente uma lição preciosa:

– Não, jovem – respondeu –, não vou lhe dar dinheiro. Vou lhe dar uma coisa melhor do que dinheiro. Vou lhe transmitir um ensinamento. Olhe para você, olhe para mim. Você é pobre, você anda descalço, você decerto não tem o que comer. Eu estou bem-vestido, moro bem, como bem. Você deve estar achando que isso é obra do destino. Pois não é. Sabe qual é a diferença entre nós, filho? O estudo. As estatísticas estão aí: Pobre estuda cinco anos menos do que o rico.

O menino o olhava, assombrado. Ele continuou:

– Pessoas como eu estudaram mais. Em média, cinco anos mais. Ou seja: passamos cinco anos a mais em cima dos livros. Cinco anos sem nos divertir, cinco anos queimando pestanas, cinco anos sofrendo na véspera dos exames. E sabe por quê, filho? Porque queríamos aprender. Aprender coisas como o teorema de Pitágoras. Você sabe o que é o teorema de Pitágoras? Não, seguramente você não sabe o que é o teorema de Pitágoras. Se você soubesse, eu não só lhe daria um trocado, eu lhe daria muito dinheiro, como homenagem a seu conhecimento. Mas você não sabe o que é o teorema de Pitágoras, sabe?

– Não – disse o menino. E virando as costas foi embora.

Com o que ele ficou muito ofendido. O rapaz simplesmente não queria saber nada acerca do teorema de Pitágoras. Aliás – como era mesmo, o tal teorema? Era algo como o quadrado da hipotenusa é igual à soma dos quadrados dos catetos. Ou: o quadrado do cateto é a soma dos quadrados da hipotenusa. Ou ainda, a hipotenusa dos quadrados é a soma dos catetos quadrados. Algo assim. Algo que só aqueles que têm cinco anos a mais de estudo conhecem.

A cidade dos macacos

> **"Macacos com fome invadem cidades."**
> *Brasil,* 22 jul. 1998

A primeira reação à invasão dos macacos – era uma grande invasão, os animais vinham em bandos de mais de duzentos – foi de surpresa. Macacos eram comuns na região, mas jamais chegavam à cidade – o que dava uma ideia da fome que passavam. Quando os bichos começaram a roubar alimento de quitandas e até das cozinhas das casas, a indignação generalizou-se: não temos comida nem para nós, era o argumento mais comum, quanto mais para repartir com esses bichos. A fúria contra os recém-chegados foi num crescendo: rapidamente surgiram milícias armadas, formadas com o expresso propósito de liquidá-los.

Com o que o prefeito não concordava. Homem de visão, achava que o limão poderia ser transformado em limonada. A ideia dele era incorporar os macacos ao cotidiano da cidade. Não em um zoológico, como poderia pensar alguém mais desavisado; não, seu plano era treinar os macacos para realizar pequenas tarefas tais como juntar o lixo das ruas e varrer calçadas. Pretendia inclusive providenciar um uniforme padronizado para os bichos. Essa iniciativa teria um benefício adicional: transformaria a cidade numa atração turística. Gente viria de longe para conhecer a original experiência. Finalmente, argumentava o culto prefeito, a medida envolvia compensação por uma milenar injustiça.

– Afinal de contas, segundo Darwin, os macacos são nossos parentes mais próximos. Está na hora de tratá-los com a consideração que merecem.

Os assessores do prefeito acharam o plano fantástico, capaz de conciliar todos os interesses. A população pensava diferente. Afinal, a cidade tinha uma alta taxa de desemprego e os macacos acabariam fazendo concorrência desleal aos cidadãos. Manifestações foram organizadas; grupos carregando faixas com inscrições ("Macacos, go home" e "Goiabada sim, macacada não") fizeram um grande comício em frente à prefeitura.

– Ou a cidade é dos macacos – disse um exaltado orador –, ou é nossa. O prefeito tem de escolher.

E o prefeito escolheu: optou por desistir da ideia. Afinal de contas, ponderou à esposa, macaco não vota.

Tarzan pensaria diferente, claro. Mas Tarzan nunca teve de enfrentar uma campanha eleitoral numa cidade de desempregados. É mais difícil que balançar num cipó em companhia de macacos.

Toda nudez será castigada

> **"Empresa japonesa constatou que aparelhos com sensor de radiação infravermelha captam imagens sob as roupas. Câmeras de raio X são retiradas do mercado."**
> *Mundo,* 13 ago. 1998

Tudo o que ele esperava de sua câmera era que gravasse – com alguma sofisticação, talvez – cenas banais, do cotidiano. Mas, de repente, não era só aquilo. De repente, estava vendo com o olhar de raio X, que a ficção atribuiu ao Super-Homem, as peças íntimas das pessoas. Camisetas, cuecas samba-canção, calcinhas, sutiãs, agora sabia exatamente o que usavam, sob a roupa, os amigos, os conhecidos, os colegas de trabalho. Não contou para ninguém, claro. Mas era com certo constrangimento que registrava essas imagens inesperadas. Rapaz tímido, não era dado a tais ousadias. Contudo não renunciaria à sua câmera. Afinal, ela representava o progresso e, mais do que isso, a porta de entrada para um universo de fantasias ilimitadas.

Um dia descobriu a vizinha.

Por fora, era uma moça de aparência comum, nem bonita nem feia. Simpática, sim – cumprimentava-o com um sorriso –, mas nada de excepcional em termos de figura feminina. Mas isso só exteriormente. Porque, sob o vestido, ele descobria algo inesperado. Em termos de roupas íntimas, a ousadia dela não conhecia limites. As calcinhas, por exemplo, ultrapassavam tudo o que os *sex shops* apregoam como peça íntima afrodisíaca. Uma delas tinha, desenhada em local estratégico, uma boca semiaberta, de lábios escarlates, uma boca desejosa de sexo. Constatando que ele a olhava, a moça passou a encorajá-lo com olhares aliciantes e sorrisos brejeiros. Acabou convidando-o para ir ao apartamento. Lá, entre uma bebida e outra, perguntou-lhe por que ele se interessava tanto por ela. Ele hesitou, mas – não sabia mentir – acabou contando a história da câmera mágica. Ela arregalou os olhos, pôs-se a rir.

– Mas, então, era isso! Não posso acreditar!

Levantou-se, pediu licença, entrou no quarto e voltou – completamente nua.

– Pronto – disse, sorridente. – Agora você não precisa mais de câmera. Agora você tem a realidade.

Ele mirou-a. Consternado. O corpo que via ali, um apenas razoável corpo de mulher, em nada correspondia às suas expectativas. Preferiria mil vezes o que tinha visto com a ajuda da câmera.

Foi embora e nunca mais voltou. Quanto a ela, anda pela rua triste, deprimida. É o castigo da nudez explícita que recusa o disfarce da fantasia.

O ursinho, não

> **"Partos de meninas aumentam 81% no Rio: bichos de pelúcia escoltam barrigas."**
> *Cotidiano*, 29 set. 1998

Um dia depois que a menina completou 10 anos, a mãe desconfiou de alguma coisa e resolveu levá-la ao médico. Abraçada ao urso de pelúcia que tinha ganho de aniversário – um ursinho barato; a mãe, faxineira, não tinha dinheiro para presentes sofisticados – a garota se recusava a ir. Finalmente, e depois de levar uns trancos, concordou. Com uma condição:

– O ursinho tem de ir comigo. Ele é o meu filho querido.

Foram ao posto de saúde. O médico não teve a menor dificuldade em fazer o diagnóstico: a garota estava com três meses de gravidez. A mãe ouviu a notícia em silêncio. No fundo, não esperava outra coisa. Essa havia sido também a sua história e a história de suas irmãs e de muitas outras mulheres pobres. Limitou-se a pegar a garota pela mão e levou-a para fora. Sentaram num banco da praça, em frente ao posto de saúde, e ali ficaram algum tempo, a mulher quieta, a menina embalando o ursinho de pelúcia e cantando baixinho. Finalmente, a inevitável pergunta:

– Quem foi?

A garota disse um nome qualquer. Provavelmente era um dos muitos garotos da vila onde moravam. Chance de assumir a paternidade? Nenhuma. Tudo com ela, a mãe. E foi o que disse à menina:

– Você vai ter esse filho, e eu vou criar ele como se fosse seu irmãozinho. Você entendeu? A garota fez que sim, com a cabeça.

– E você vai ajudar?

Nova afirmativa. E aí ela fitou a mãe, os olhos cheios de lágrimas:

– Mas o ursinho eu não dou pra ele, mãe. O ursinho é só meu. É o meu filhinho, ninguém me tira.

– Está bem – disse a mãe. – O ursinho é só seu.

Levantaram-se, foram para casa, a menina sempre abraçada ao ursinho. Que exibia o eterno e fixo sorriso dos bichos de pelúcia.

Quanto valho?

> **"Homem é preso por forjar sequestro."**
> *Cotidiano,* 28 out. 1998

"**N**ão vou negar, senhor delegado: eu forjei, sim, o meu sequestro. Inventei a história toda, fiz até papel de sequestrador. Que não dou para a coisa, o senhor está vendo: aqui estou eu, preso.

Mas há uma ou duas coisas que posso dizer acerca disso. Veja bem, não estou querendo escapar da responsabilidade. Quero só explicar. A minha explicação certamente surpreenderá o senhor, mas peço que a ouça.

Não era o dinheiro, senhor delegado. Ou melhor, era o dinheiro, mas não era só o dinheiro. Era também a autoestima. O senhor perguntará: mas o que tem autoestima a ver com sequestro? Tem muito a ver, senhor delegado, tem muito a ver. No meu caso, tem muito a ver.

Você não vale nada. Essa frase me acompanhou por toda a vida. Quando eu era criança, e roubava doce, meu pai me dizia, irritado: você não vale nada. Quando os professores me surpreendiam colando no exame – e eu tinha de colar, era a única forma de obter uma boa nota – me diziam: você não vale nada. Os amigos, as namoradas, os clientes, todo mundo repetia: você não vale nada. Isso acabou por me afetar, por destruir a minha autoestima. Será mesmo que não valho nada, eu me perguntava. E, enquanto eu não conseguisse uma resposta, minha vida não teria sentido.

Aí me ocorreu a ideia do sequestro. Eu queria saber quanto a minha família, os meus amigos estavam dispostos a pagar por mim. Não era só pelo dinheiro. Claro, era também pelo dinheiro, mas era muito mais a questão da autoestima.

Infelizmente, o plano fracassou. Mas eu quero ser levado a julgamento, senhor delegado. Quero saber a quantos anos serei condenado. Multiplicando esse tempo pelo que custa um preso, terei uma resposta, ainda que aproximada, à pergunta que há tanto tempo me inquieta: quanto, afinal, valho?"

Os direitos de Maria

"Direitos Humanos completam 50 anos."
Especial, 3 dez. 1998

Casaram exatamente no dia em que foi proclamada a Declaração Universal dos Direitos Humanos, em 10 de dezembro de 1948. Uma coincidência que Maria sempre achou significativa.

Não que o casamento fosse feliz. Pelo contrário: o marido, homem violento, tratava-a brutalmente. Mas ela se resignava. Foi assim com minha avó e com minha mãe, pensava, será assim comigo também. Portanto fazia tudo o que uma dona de casa tinha de fazer – lavava, passava, cozinhava – sem se queixar. Mas, quando completaram os primeiros dez anos de casados, atreveu-se a pedir ao marido um presente: queria um casaco novo. Afinal, disse, meio brincando, era também o primeiro décimo aniversário da Declaração dos Direitos Humanos, e ela achava que, na qualidade de esposa dedicada, tinha direito a um casaco.

Você não tem direito nenhum, respondeu ele, seco. Cumpra suas obrigações e cale a boca.

Maria não respondeu, obviamente ficou com o casaco, que tratou de cuidar e remendar como podia. Mas, dez anos depois, no 20º aniversário de casamento (e da Declaração dos Direitos Humanos) ousou de novo formular um pedido: queria um vestido. De novo o marido respondeu que ela não tinha direito algum. Maria nunca mais ganhou um vestido.

No 30º aniversário, o pedido foi ainda mais modesto: uma blusa. De novo, nada de blusa: não tinha esse direito. No 40º aniversário, restringiu-se a solicitar um par de sapatos – mesmo usados –, mas não ganhou. Passou a andar de chinelos ou até descalça.

No 50º aniversário, não tinha mais o que pedir. E não poderia, mesmo, pedir nada: uma semana antes do 10 de dezembro o marido pedira divórcio.

Ela agora está sozinha – não tiveram filhos – e livre. Não sabe o que fazer com sua liberdade. Gostaria de pedir ao marido, ao ex-marido, um conselho, mas sabe que ele não lhe daria. Na visão dele, nem a conselhos Maria tem direito.

A vida em papelão

"Dormir em caixa custa R$ 2,00 por dia em São Paulo."
Cotidiano, 6 dez. 1998

A ideia lhe veio ao observar a quantidade de gente dormindo na rua no centro da cidade. Existe aí uma demanda potencial, pensou. E como estava, ele próprio, desempregado, resolveu arriscar a sorte em um novo negócio: o aluguel de caixas de papelão.

O que não seria nada difícil. Caixas poderiam ser obtidas em lojas, supermercados, fábricas. E os sem-teto aceitariam com entusiasmo a possibilidade de dormirem menos expostos aos elementos – e aos olhares alheios.

O negócio deu certo, e ele foi sofisticando a oferta. Dispunha de caixas em vários tamanhos, algumas acolchoadas, outras pintadas em cores alegres, várias com rádio e TV. Os preços subiam progressivamente, de acordo com a dimensão da caixa e o conforto desta.

Escusado dizer que, durante esse tempo, morava numa caixa, ele também – inclusive para fiscalizar a clientela. E fiscalizar era uma coisa que sabia fazer. Era um cobrador implacável e não hesitava em ameaçar os devedores relapsos: se não pagassem, botaria fogo nas caixas: eram dele, poderia queimá-las se e quando quisesse. Se houvesse alguém dentro, azar.

Ganhou muito dinheiro, encontrou uma linda mulher que aceitou viver com ele. Não numa caixa, naturalmente: ela queria uma casa. Uma casa muito grande e muito bonita.

E uma casa ele fez. Uma casa muito grande e muito bonita, num bairro elegante. É uma casa que chama a atenção de todos, não só pelo *design* arrojado, como também por uma peculiaridade: é feita de papelão. Papelão especial, muito espesso e impermeável, mas papelão.

Nessa casa de papelão ele vive feliz com a mulher. Só uma coisa o preocupa: tem medo de que algum invejoso bote fogo na casa. O papelão é um grande material, mas, infelizmente, não resiste às chamas. Nada é perfeito.

A força da lei

> **"Policiais se disfarçam e vão para a sala de aula."**
> *Folhateen,* 14 dez. 1998

– **P**reciso falar com o senhor em particular.

O professor de matemática recebeu o pedido com desagrado. Não gostava do rapaz, um aluno relapso e de ar insolente. Mas faltava apenas uma semana para o término das aulas, de modo que resolveu enfrentar o sacrifício. Esperou que o resto da turma saísse, fechou a porta.

– Em que posso ajudar você? – perguntou, no tom mais amável possível.

– O senhor me reprovou – disse o rapaz, e antes que o professor retrucasse, adiantou-se: – Eu sei que não fui bom aluno, que faltei a muitas aulas e que fui mal nas provas. Acontece que não posso ser reprovado.

– Não pode? – O professor, a um tempo divertido e surpreso com aquela cara de pau. – E por que não?

– Porque... – O rapaz olhou para a porta, como a certificar-se de que estava bem fechada. – Bem, porque não sou um aluno comum. Estou matriculado como um aluno comum, frequentei as aulas como um aluno comum, mas não sou um aluno comum.

– Não? E o que você é, então?

– Sou um policial. Um policial disfarçado.

Olhou para os lados, de novo:

– Estou aqui como aluno, mas na verdade minha tarefa é investigar uma quadrilha de traficantes. Eles têm um agente aqui na escola, um rapaz desta turma. Ele passou de ano, e eu tenho de passar também, para vigiá-lo.

O professor olhava-o, entre incrédulo e desconfiado.

– E como você prova que é policial?

– Como provo que sou policial?

Abriu a camisa e mostrou uma arma, uma pistola automática.

– Está aí a prova. Esta arma é só a polícia que usa. Sorriu, um sorriso que era tão cúmplice quanto ameaçador. – E o senhor pode acreditar que sei usá-la.

Disso o professor não tinha dúvida. Assim como não tinha dúvida de que estava diante de um problema, talvez o problema mais difícil de sua vida.

Roteiro turístico

> **"Duas mulheres e três crianças, que moram debaixo de um viaduto na zona sudoeste de São Paulo, vão conhecer o Iguatemi."**
>
> *Cotidiano*, 25 dez. 1998

"**A**presentamos a seguir o roteiro de nossa excursão 'Viagem a um mundo encantado', um excitante mergulho no maravilhoso universo do consumo.

9h – Início da excursão. Saída dos participantes do viaduto em que residem. O embarque será feito em ônibus comum, de linha. Não usaremos helicóptero nem mesmo ônibus especial. Não se trata de economia; queremos evidenciar o contraste entre um velho e barulhento veículo e a moderna e elegante construção que é o objeto de nossa visita.

10h – Chegada ao *shopping*. Depois do deslumbramento inicial, o grupo adentrará o recinto, o que deverá ser feito de forma organizada, sem tumulto, de maneira a não chamar a atenção. Isto poderia resultar em incidentes desagradáveis.

10-12h – Visita às lojas. Este é o ponto alto de nosso *tour*, e para ele chamamos a atenção de todos os participantes. Poderão observar os últimos lançamentos da moda primavera-verão, os computadores mais avançados, os eletrodomésticos mais modernos. Numa das vitrines será visualizado um relógio de pulso Bulgari custando aproximadamente US$ 10 mil. Os nossos guias, sempre bem informados, farão uma análise desta quantia. Mostrarão a que equivale, em termos de salários mínimos e quantos anos de trabalho seriam necessários para adquirir tal relógio. Isso oportunizará uma reflexão sobre a dimensão filosófica do tempo, muito necessária, a nosso ver – já que é objetivo da agência não apenas o turismo banal, mas sim um alargamento do horizonte cultural de nossos clientes.

12-14h – Normalmente, este horário seria reservado ao almoço. Considerando, contudo, que o tempo é breve e custa caro (ver acima), propomos aos participantes um passeio pela área de alimentação, onde teremos uma visão abrangente do mundo do *fast-food*. Lembramos que é proibido consumir os restos porventura deixados sobre a mesa ou mesmo caídos no chão.

14-16h – Continuação de nossa visita. Serão mostrados agora os locais de diversão. Os participantes poderão ver todos – repetimos, todos – os cartazes dos filmes em exibição.

16h – Embarque em ônibus de linha com destino ao ponto de partida, isto é, o viaduto.

17h – Nenhum acidente acontecendo, chegada ao viaduto e fim de nossos serviços."

O gigantesco objeto do desejo

"Colombianos fazem camisinha gigante."
Mundo, 28 dez. 1998

– **É** uma pouca-vergonha – exclamou a primeira senhora, num tom tão exaltado que as outras pessoas, no elegante restaurante, chegaram a se virar, mirando-a, surpresas e irritadas.

Sem se importar, ela prosseguiu:

– É uma coisa sem nome, é o fim de toda a moralidade.

A segunda senhora, que sempre fora distraída, não sabia do que a outra estava falando.

– Mas você não leu o jornal? É essa história da tal camisinha gigante. Não ouviu falar? Mas você vive mesmo no mundo da lua, minha cara. Vou lhe mostrar.

Abriu a bolsa, sacou dali um recorte de jornal, sacudiu-o no ar.

– Está aqui, para quem quiser ver. Com todos os detalhes. Uma camisinha de mil metros de comprimento, minha cara. Não é um metro, não são dois metros. Mil metros! Um quilômetro. Dizem que é para alertar as pessoas contra a Aids, mas a mim não enganam. Isso não passa de pura e simples safadeza. Sabe qual é a cidade, querida? A cidade onde fizeram a tal camisinha? É Cali. É, aquela mesma do cartel de Cali. Para mim, quem financiou essa coisa monstruosa foram os traficantes. Gastaram US$ 13 mil. Mas, para eles, deve ter sido um dinheiro muito bem empregado. Porque isto ajuda a corromper os costumes e esse é o objetivo deles. Camisinha, droga, é tudo a mesma coisa. Você não acha?

A outra não respondeu de imediato. Porque estava pensando. Não na camisinha, mas no pênis que ela poderia conter, o gigantesco, o quilométrico pênis. O pênis que, ereto, chegaria às nuvens. O grande falo diante do qual se prostrariam, em silenciosa adoração, milhares de pessoas, algumas mais afoitas tentando escalá-lo, para chegar ao topo e de lá bradar, parafraseando Napoleão: "Do alto deste pênis, contempla-nos a eternidade".

– Você não acha? – insistiu a primeira senhora.

– Acho – respondeu, com um quase imperceptível suspiro. Há muito tempo aprendera a renunciar a seus sonhos e a concordar sempre com os outros.

E foram todos à praia

> **"Advogado improvisa escritório na praia."**
> *Cotidiano*, 20 jan. 1999

A notícia segundo a qual um advogado carioca tinha instalado o seu escritório na praia do Arpoador gerou reações as mais contraditórias. Alguns acharam um absurdo; é uma pouca-vergonha, uma falta de respeito, onde é que se viu praticar advocacia dessa maneira. Outros acharam graça: coisa de Rio de Janeiro, foi um comentário que se ouviu bastante. Mas muitos ficaram pensando: será que o advogado do Arpoador não tinha razão? Será que não estava certo ele em mandar as convenções para o espaço, em benefício de uma vida mais livre, mais descontraída?

Não foi surpresa, portanto, quando, próximo ao lugar onde atendia um advogado, apareceu uma barraca com uma pequena placa: "Escritório de Contabilidade". Logo depois surgiu um consultório médico e outro de psicologia. Em seguida, foi a vez de um consultor de empresas e de uma agência de publicidade. A essa altura as academias de ginástica se multiplicavam.

O movimento – um verdadeiro movimento social, organizado, contando inclusive com um *lobby* no Congresso – já não se restringia ao Arpoador nem ao Rio, mas se propagava rapidamente pelo Brasil. Dos Estados interioranos vinham caravanas inteiras, carregando cartazes de apoio à vida na praia. Em breve o litoral brasileiro, de sul a norte, estava todo ocupado por pessoas que, em trajes de praia, exerciam as mais diversas atividades. Todos tranquilos, todos bronzeados.

Tão bronzeados que pareciam índios. O que deu, a algum estilista, a ideia de criar uma moda retrô com tangas, cocares, tacapes. O que só contribuiu para aumentar a descontração.

Estão todos na praia, portanto. Mas é com certa apreensão que eles olham para o mar. Temem que um dia apareça ao largo uma frota de caravelas e que um homem desembarque dizendo, muito prazer, gente, meu nome é Pedro Álvares Cabral.

Caixa-preta

> **"Deputado quer abrir caixa-preta de planos – Entidades de previdência privada, aberta e fechada, terão de explicar suas contas à Câmara Federal."**
>
> *Folhainvest*, 1º mar. 1999

Aprovada, depois de muita discussão, a matéria, foi finalmente marcada a data para a abertura da tão conhecida, e temida, caixa-preta. Considerando que o auditório da Câmara seria pequeno para o maciço comparecimento que se esperava, decidiu-se realizar o evento num local especial. Para isso, uma gigantesca tenda foi armada na Esplanada dos Ministérios. Já às primeiras horas do grande dia, uma multidão lá se concentrava. A expectativa era enorme.

Pela primeira vez, na história do país, uma caixa-preta seria aberta – e diante dos cidadãos, o que era ainda mais inusitado.

Os minutos se passavam, e nada acontecia, o que suscitou nervosismo: seriam as esperanças frustradas? Teriam os donos da caixa-preta conseguido, mediante medida judicial ou por um golpe qualquer, suspender a medida? Um murmúrio de revolta já começava a se ouvir, mas então soou um clarim, e quatro homens adentraram o recinto, carregando a famosa caixa-preta. Que era grande – um cubo de cerca de um metro de aresta –, pintada num preto fosco, discreto, mas sinistro.

A caixa-preta foi colocada sobre a mesa. Uma senhora aposentada foi convidada a retirar a tampa. Depois de muito trabalho – aquilo era coisa para especialista –, ela conseguiu fazê-lo. Os homens retiraram, então, o conteúdo e o expuseram ao público.

Outra caixa-preta. Dentro da caixa-preta havia uma outra caixa-preta.

A decepção foi grande. O coordenador dos trabalhos convidou outra pessoa, desta vez um senhor, a abrir a segunda caixa-preta.

Mais uma caixa-preta. Era assim; como aquelas bonecas russas, cada caixa-preta continha uma nova caixa-preta. A angústia aumentava, assim como os gritos de "palhaçada, palhaçada". Mas, então, chegou-se a uma 15ª caixa-preta, esta com 20 centímetros. Um ancião a abriu – e soou então uma exclamação deslumbrada.

Era uma caixa branca.

Agora, sim, diziam todos, agora chegamos ao fim do processo, agora vamos descobrir a verdade. Em meio à alegria geral, uma menina foi convidada a abrir a caixa branca. Foi o que ela fez, com dedos trêmulos. Todos se precipitaram para ver o que havia dentro.

Era uma caixa-preta.

O beijo no escuro

> **"Blecaute deixa dez Estados e o Distrito Federal sem luz, e afeta 76 milhões."**
> *Cotidiano*, 12 mar. 1999

Tudo aconteceu, concluiu ela depois, porque era uma executiva dedicada, que não hesitava em ficar até altas horas da noite no escritório. Não era a única, naturalmente. Muitos faziam o mesmo, e isso também foi importante no incidente que viria a mudar a sua vida.

Era muito tarde quando ela, finalmente, encerrou o trabalho. Com um suspiro, desligou o computador, arrumou-se um pouco, apagou as luzes, saiu e dirigiu-se devagar para o elevador. Não tinha motivos para pressa. Recém-descasada, ninguém esperava por ela no apartamento.

O elevador chegou. Seis pessoas estavam lá dentro, seis executivos como ela, os seis com suas pastas, os seis com ar fatigado. Nenhum deles era conhecido. Ela entrou, a porta se fechou, a descida começou – e aí veio o blecaute. Completo: a lâmpada de segurança do elevador não funcionava. E ninguém tinha isqueiros ou fósforos. Eu não deveria ter deixado de fumar, comentou alguém, irônico. Depois fez-se silêncio, o pesado e tenso silêncio comum nesses momentos.

E foi nesse silêncio, nessa escuridão, que alguém a beijou. Foi surpreendente; tão surpreendente que ela não reagiu. Mas não só por causa da surpresa. Por causa do beijo, também: um beijo tão ardente, tão apaixonado, que ela chegou a estremecer. Jamais alguém a beijara assim, jamais. Arrebatada, ela não teve, contudo, tempo de fazer nada, nem de esboçar um gesto sequer: no mesmo instante a porta se abriu e o vigia do prédio, com uma lanterna portátil, levou-os até as escadas.

Ela foi para casa, ali perto. Morava no primeiro andar. Entrou sem dificuldade, deitou-se, vestida, e ficou ali, no escuro, soluçando baixinho. Soluçando de paixão, da paixão adormecida que o beijo nela despertara. Paixão por alguém que não conhecia, e que não tinha como identificar.

Só lhe resta esperar pelo próximo blecaute. Só lhe resta esperar que nesse momento esteja num elevador com seis executivos de ar fatigado. E quando um deles a beijar no escuro, ela o segurará pela gravata e não mais o abandonará. O próximo blecaute: deve haver boas chances para isso. O estoque de raios é infinito.

O futebol e a matemática

> **"Modelo matemático prevê gols no futebol."**
> *Mundo*, 23 mar. 1999

O técnico reuniu o time dois dias antes da partida com o tradicional adversário. Tinha uma importante comunicação a fazer.

– Meus amigos, hoje começa uma nova fase na vida do nosso clube. Até agora, cada um jogava o futebol que sabia. Eu ensinava alguma coisa, é verdade, mas a gente se guiava mesmo era pelo instinto. Isso acabou. Graças a um dos nossos diretores, que é um cara avançado e sabe das coisas, nós vamos jogar de maneira completamente diferente. Nós vamos jogar de maneira científica.

Abriu uma pasta e de lá tirou uma série de tabelas e gráficos feitos em computador.

– Sabem o que é isso? É o modelo matemático para o nosso jogo. Foi feito com base em todas as partidas que jogamos contra o nosso adversário, desde 1923. Está tudo aqui, cientificamente analisado. E está aqui também a previsão para a nossa partida. Eles provaram estatisticamente que o adversário vai marcar um gol aos 12 minutos do primeiro tempo. Nós vamos empatar aos 24 minutos do segundo tempo e vamos marcar o gol da vitória aos 43 minutos. Portanto, não percam a calma. Esperem pelo segundo tempo. É aí que vamos ganhar.

Os jogadores se olharam, perplexos. Mas ciência é ciência; tudo o que eles tinham a fazer era jogar de acordo com o modelo matemático.

Veio o grande dia. Estádio lotado, começou a partida, e, tal como previsto, o adversário fez um gol aos 12 minutos. E aí sucedeu o inesperado.

Um jogador chamado Fuinha, um rapaz magrinho, novo no time, pegou a bola, invadiu a área, chutou forte e empatou. Cinco minutos depois, fez mais um gol. E outro. E outro. O jogo terminou com o marcador de 7 a 1, um escore nunca registrado na história dos dois times.

Todos se cumprimentavam, felizes. Só o técnico não estava muito satisfeito:

– Gostei muito de sua atuação, Fuinha, mas você não me obedeceu. Por que não seguiu o modelo matemático?

O rapaz fez uma cara triste:

– Ah, seu Osvaldo, eu nunca fui muito bom nessa tal de matemática. Aliás, foi por isso que o meu pai me tirou do colégio e me mandou jogar futebol. Se eu soubesse fazer contas, não estaria aqui, jogando para o senhor.

O técnico suspirou. Acabara de concluir: uma coisa é o modelo matemático. Outra coisa é a vida propriamente dita, nela incluída o futebol.

O bebê do milênio

> **"Campanha estimula casais a conceber bebês que poderão nascer em 1º de janeiro."**
> *Mundo,* 21 mar. 1999

O dia crítico era o 8 de abril. O dia não; a noite. De dia ele estaria trabalhando – felizmente ainda tinha emprego. Mas à noite iria correndo para casa. Laurinha estaria à sua espera, usando seu melhor vestido. Jantariam, tomariam champanhe (barato; auxiliar de escritório, ele ganhava pouco) e depois iriam para a cama, encomendar o primeiro bebê do casal. Que, a natureza cumprindo sua obrigação, deveria nascer a 1º de janeiro do ano 2000. Um bebê do milênio. O portador de seus sonhos.

Às seis em ponto saiu do escritório, apesar dos apelos do patrão para que ficasse mais um pouco, e correu para o ponto do ônibus. O trânsito estava congestionado, como sempre, mas mesmo assim ele conseguiu chegar à casa, num subúrbio longínquo, antes das 21 horas. E lá estava Laurinha a esperá-lo. Linda e radiante.

Conduziu-o à mesa, onde o jantar estava servido. Conforme combinado, tomaram champanhe. Conforme combinado, dançaram um pouco, ao som do rádio. E, conforme combinado, foram para a cama.

Mas aí aconteceu algo que não havia sido combinado, algo imprevisto.

Ele falhou.

Talvez por causa do champanhe, a que não estava acostumado, talvez por causa do nervosismo, o certo é que ele falhou. Falhou uma, duas, três vezes. Laurinha não conseguiu conter a irritação: "O que é que há, cara? Todas as noites você quer, logo hoje, que é importante, você não corresponde?" Ele se ofendeu, gritou com ela. E, num súbito impulso, levantou-se, vestiu-se e saiu.

Caminhou algum tempo pelas ruas desertas do bairro, ia bufando, ruminando a mágoa. E quase não viu a moça que, parada à porta de um bar, sorria para ele. Era uma moça muito bonita, tão bonita que o coração dele bateu mais forte. Num instante a contrariedade desapareceu. Saíram a caminhar, conversaram, abraçaram-se, beijaram-se.

Mas quando ela o convidou a subir para o quarto, desculpou-se: tinha um compromisso urgente. Já ia sair correndo quando se lembrou de perguntar o nome dela. Carla, respondeu a moça, com o mesmo sorriso.

Ele voltou para casa e conseguiu cumprir a missão: o bebê do milênio foi encomendado, como Laurinha queria. Mas o nome ficou por conta dele. Carla, naturalmente.

Os estranhos caminhos da Internet

"Aluno compra trabalho escolar da Internet."
Cotidiano, 19 abr. 1999

Desiludido com a carreira universitária e sobretudo com o baixo salário, o professor pediu demissão de seu cargo e instalou um site na Internet. Seu projeto: vender trabalhos para alunos. Uma coisa que muita gente estava fazendo e na qual ele esperava sair-se bem. Finalmente vou tirar algum proveito do meu conhecimento, disse à esposa.

Uma expectativa que se revelou, de início, frustrada. Os pedidos que recebia eram de pequenos trabalhos. Fáceis de fazer, não rendiam, contudo, grande coisa. Quando já começava a desanimar, veio uma encomenda grande: um estudante de uma obscura faculdade do interior precisava de um trabalho de mestrado. Tinha de ser longo, tinha de ser elaborado – e deveria ser entregue com urgência: cinco dias. Mas o cliente, filho de um rico industrial, estava disposto a pagar uma substancial quantia, muito maior que o preço de tabela.

O professor imediatamente se lançou à tarefa. Logo viu, contudo, que se tratava de missão impossível. Por mais rápido que progredisse – e, por causa do nervosismo, não progredia muito rapidamente, não conseguiria dar conta do recado em tempo hábil. O que fazer? Não podia cair fora: o mercado não perdoa os vacilantes. Como resolver, então, o problema?

De repente, lembrou-se de algo.

Sua tese de mestrado. Tinha-a pronta, guardada na gaveta. Nunca chegara a apresentá-la – não valia a pena, já que não pretendia continuar ensinando. Pensara até em jogar fora aquele erudito, e, a seu ver, inútil estudo. Agora, porém, poderia aproveitá-lo. Antes que os remorsos o acometessem, colocou a tese num envelope e enviou-a ao aflito mestrando.

Na semana seguinte recebeu uma carta. Continha o polpudo cheque, tal como havia sido combinado, e uma cópia do parecer da banca sobre o trabalho: entusiastas apreciações, rasgados elogios.

O professor suspirou. Ao fim e ao cabo, tinha encontrado uma espécie de glória. E teve de concluir: são mesmo muito estranhos os caminhos da Internet.

Viés

> **"EUA mantêm juros, mas com viés de alta."**
> *Dinheiro,* 19 mai. 1999
>
> **"Juro cai para 23,5%; viés de baixa continua."**
> *Dinheiro,* 20 mai. 1999

Ele a olhava com viés de baixa. Ela o olhava com viés de alta.

Ele a olhava com viés desenvolvimentista. Ela o olhava com viés monetarista.

Ele a olhava com viés "um pouco de inflação não faz mal". Ela o olhava com viés recessivo.

Ele a olhava com viés telescópico. Ela o olhava com viés microscópico.

Ele a olhava com o viés olímpico da utopia. Ela o olhava com o viés labiríntico do mercado.

Ele a olhava com viés histórico. Ela o olhava com viés contábil.

Ele a olhava, no mínimo, com viés Keynes, e em momentos de maior desespero, recorria até ao viés Marx. Ela o olhava com o viés Milton Friedman (e escola de Chicago).

Ele a olhava com viés "con los pobres de la tierra quiero yo mi suerte echar". Ela o mirava com viés "business is business, my friend".

Ele a olhava com viés bandeiras ao vento. Ela o olhava com viés gráficos e tabelas. Ele a olhava com viés romântico, mas admitindo o moderno. Ela só o olhava com viés pós-moderno.

Ele a olhava com viés filme iraniano, ou seja, arte. Ela o olhava com viés George Lucas, ou seja, bilheteria.

Ele se desesperou; será que nunca vamos nos olhar com o mesmo viés, perguntou, em tom de súplica. Eu não posso mudar meus olhos, respondeu ela. Nem eu posso mudar os meus, replicou ele. Mas eu tenho aqui uns óculos que compatibilizam o viés, disse ela. Eu quero estes óculos, disse ele, esperançoso. Eu vendo estes óculos, disse ela, mas você pode fracionar o preço em várias parcelas, com juros. Felizmente os juros estão com viés de baixa, disse ele. Mas nos Estados Unidos estão com viés de alta, disse ela.

Ele a olha com viés desconsolado. Ela o olha com viés implacável.

A casa das ilusões perdidas

> **"Polícia investiga troca de bebê por casa."**
> *Cotidiano*, 10 jun. 1999

Quando ela anunciou que estava grávida, a primeira reação dele foi de desagrado, logo seguida de franca irritação. Que coisa, disse, você não podia tomar cuidado, engravidar logo agora que estou desempregado, numa pior, você não tem cabeça mesmo, não sei o que vi em você, já deveria ter trocado de mulher havia muito tempo. Ela, naturalmente, chorou, chorou muito. Disse que ele tinha razão, que aquilo fora uma irresponsabilidade, mas mesmo assim queria ter o filho. Sempre sonhara com isso, com a maternidade – e agora que o sonho estava prestes a se realizar, não deixaria que ele se desfizesse.

– Por favor, suplicou. – Eu faço tudo o que você quiser, eu dou um jeito de arranjar trabalho, eu sustento o nenê, mas, por favor, me deixe ser mãe.

Ele disse que ia pensar. Ao fim de três dias daria a resposta. E sumiu.

Voltou, não ao cabo de três dias, mas de três meses. Àquela altura ela já estava com uma barriga avantajada que tornava impossível o aborto; ao vê-lo, esqueceu a desconsideração, esqueceu tudo – estava certa de que ele vinha com a mensagem que tanto esperava, você pode ter o nenê, eu ajudo você a criá-lo.

Estava errada. Ele vinha, sim, dizer-lhe que podia dar à luz a criança; mas não para ficar com ela. Já tinha feito o negócio: trocariam o recém-nascido por uma casa. A casa que não tinham e que agora seria o lar deles, o lar onde – agora ele prometia – ficariam para sempre.

Ela ficou desesperada. De novo caiu em prantos, de novo implorou. Ele se mostrou irredutível. E ela, como sempre, cedeu.

Entregue a criança, foram visitar a casa. Era uma modesta construção num bairro popular. Mas era o lar prometido e ela ficou extasiada. Ali mesmo, contudo, fez uma declaração:

– Nós vamos encher esta casa de crianças. Quatro ou cinco, no mínimo.

Ele não disse nada, mas ficou pensando. Quatro ou cinco casas, aquilo era um bom começo.

Histórias extraterrestres

"Moradores afirmam ter visto óvni."
Cotidiano, 16 jun. 1999

Quando a mulher, muito impressionada, veio lhe falar sobre o óvni avistado no Mato Grosso do Sul, ele mal pôde conter a satisfação: pressentiu que ali estava a grande desculpa de que precisava para justificar escapadas noturnas.

Não tardou a usá-la. Dias depois conheceu uma loira espetacular, uma grande mulher. Saiu da casa dela às três da manhã, sem qualquer preocupação. Para a mulher, que, naturalmente, o aguardava furiosa, contou a história clássica: estava dirigindo o carro por uma estrada deserta quando, de súbito, avistou luzes ofuscantes e, em meio a um ruído ensurdecedor, um óvni, um disco voador, pousou no campo ao lado da estrada.

Dali haviam saído três homenzinhos verdes com antenas, dizendo, numa voz metálica, leve-nos a seu chefe, leve-nos a seu chefe. Como não sabia exatamente de quem falavam – tanta gente mandando no país –, os homenzinhos retiveram-no por mais de cinco horas, perguntando coisas sobre campos petrolíferos, possibilidade de remessa de lucros a outros planetas, CPIs várias. Daí o atraso.

A mulher não apenas acreditou como até teve pena dele: coitadinho, você deve ter passado um mau pedaço. E ele foi dormir felicitando-se por sua imaginação criativa.

Na semana seguinte, de novo encontrou a loira e de novo voltou tarde, dessa vez às quatro. De novo contou a história, acrescentando que era o mesmo disco voador e que os homenzinhos haviam afirmado que daí em diante voltariam periodicamente para completar a coleta de dados.

– Não conte a ninguém sobre isso – concluiu ele. – Caso contrário, minha vida correrá perigo.

A mulher, cada vez mais impressionada, prometeu que nada diria, nem mesmo às melhores amigas.

Passados uns dias, sentiu saudades da loira e resolveu visitá-la na casa, que ficava num bairro distante. Entrou no carro e foi até lá. Já estava chegando quando avistou luzes ofuscantes. Em meio a um ruído ensurdecedor e a uma espessa fumaça, avistou um óvni que, do pátio da casa, elevava-se no ar. Na janela do disco voador, mirando-o sorridente, estava a bela loira, abraçada a três homenzinhos verdes com antenas. Um segundo depois a nave desapareceu, perdendo-se no espaço infinito.

Abolindo a abolição

> **"Promotora vê quadro de quase escravidão: operação libera 38 em fazenda no Espírito Santo."**
> *Brasil*, 24 jun. 1999

Tudo começou quando eles foram procurar emprego na fazenda de café. O proprietário disse que sim, que podia empregá-los. Só não poderia pagar muito. Que decidissem: era pegar ou largar, ame-o ou deixe-o. Eles se olharam. O que podiam fazer? Aceitaram.

Passado o primeiro mês, o proprietário reuniu-os e disse que os negócios não andavam bem, que a cotação do café estava em baixa no mercado internacional. Propôs diminuir o salário, coisa pouca, e não por muito tempo. Eles se olharam, mas o que podiam fazer? Aceitaram.

Um mês depois, o proprietário reuniu-os de novo. Os negócios continuavam ruins, de modo que ele tinha outra proposta: atrasaria os salários, indefinidamente, mas em compensação forneceria alojamento e comida. O alojamento não passava de um telheiro com um estrado e colchonetes; banheiro não havia. Quanto à comida, como disse o próprio proprietário, não era coisa para *gourmet*. De novo se olharam. O que podiam fazer? Aceitaram.

No mês seguinte, o proprietário reuniu-os de novo. Desta vez, tinha uma história para contar. Antigamente, disse ele, os trabalhadores não cobravam salário, nem tinham previdência social, nada dessas coisas. Em compensação, recebiam casa e comida dos seus donos, para quem trabalhavam por toda a vida. Quando morriam, os filhos continuavam o mesmo trabalho, e assim por gerações e gerações. Mas um dia tinha surgido uma lei – essas leis que fazem por aí, vocês sabem – e tudo havia mudado. Os trabalhadores agora recebiam pagamento. E, recebendo pagamento, começaram a exigir mais coisas, mais direitos. Resultado: desemprego. Ninguém mais tinha segurança.

Eu proponho, disse o homem, que a gente esqueça essa tal de lei. Vamos colocar uma pedra em cima disso. Vamos voltar aos bons tempos, àqueles tempos em que não se discutia por essa coisa tão mesquinha chamada dinheiro. Vocês receberão para sempre alojamento e alimento. A única coisa que peço é: esqueçam salário, esqueçam o resto. Esqueçam o mundo lá fora. O mundo de vocês agora é esta fazenda.

Como ele disse depois ao advogado, fora um belo discurso, e os trabalhadores estavam quase convencidos: já estavam se olhando, já estavam concluindo que nada podiam fazer, que teriam mesmo de aceitar a proposta. Mas aí veio o promotor com aquela história de direitos. O problema com o promotor era esse: ele não sabia como era bom o passado, o passado que existira antes das leis.

Meu pai, meu pai,
por que me abandonaste

> **"Garoto engana NY com história falsa: hondurenho de 13 anos conquistou a mídia e o prefeito da cidade com suposta viagem à procura do pai."**
>
> *Mundo,* 1º jul. 1999

Nós acreditamos na história dele porque queríamos acreditar, disse um jornalista, e era verdade: nada mais autêntico – e nada mais comovente – do que o relato do garoto em busca do pai. As lágrimas que corriam pelo rosto dele, enquanto narrava sua saga de 4.800 km, abalariam o mais empedernido coração. Na grande sala em que se encontrava, rodeado por jornalistas, por autoridades e por muitos curiosos, os soluços se faziam ouvir a toda hora. Uma grande cadeia de solidariedade se havia formado. As redes de televisão comprometeram-se a divulgar a foto do pai, apelando para que viesse ao encontro do filho. Se assim o fizesse, teria um excelente emprego assegurado, prometia uma conhecida corporação. Uma indústria de alimentos garantia-lhes o fornecimento de gêneros até o ano 3000.

No auge dessa onda de generosa solidariedade, um homem entrou correndo na sala e segredou algo ao ouvido do prefeito. Ele imediatamente empalideceu. Não pode ser, ouviram-no murmurar. Mas o emissário mostrou-lhe um fax, e ele, aparentemente convencido, pegou o microfone e, depois de relutar um segundo, fez a comunicação que teve o impacto de uma bomba: a história do menino era falsa. Não viera em busca do pai, porque tal pai não mais existia, morrera de Aids meses antes.

É mentira, protestou debilmente o menino, meu pai está vivo, eu sei que ele está vivo, isso é intriga de minha avó, ela nunca gostou dele, por isso inventa essas histórias. Mas as evidências eram fortes demais e num instante a sala se esvaziou: ninguém mais queria se comprometer com um garoto que inventava coisas absurdas e até perigosas. O menino ficou sozinho, acompanhado somente de um policial, encarregado de encerrar, o mais rapidamente possível, o caso.

– Vamos, rapaz – disse o homem, e conduziu-o até a porta do prédio. Quando ali chegaram, o menino recuou: uma pequena multidão se comprimia na rua, ansiosa por ver o mentiroso do século. Por um momento, o garoto ficou imóvel, atarantado, prestes a cair em pranto. De repente seu rosto se iluminou: acabara de avistar, no meio daquelas pessoas, o seu pai. Que piscou o olho, sorriu e desapareceu.

O menino deixou-se levar. Nada podia dizer quanto ao que havia passado, mas estava certo do que aconteceria no futuro: um dia cresceria e se tornaria um escritor. Contaria a história do garoto que foi em busca do pai. E essa história faria milhões chorarem pelo mundo afora.

A cor dos nossos rins

> **"Reino Unido tem 'transplante racista':
> médicos acatam exigência de que o órgão
> fosse doado apenas para brancos."**
> *Mundo*, 8 jul. 1999.

De posse do rim a ser transplantado, eles foram imediatamente ao hospital, em busca do receptor adequado. Que teria de preencher várias condições. A mais importante: só poderia ser branco.

Já de início cometeram um erro. Foram à enfermaria onde estavam os pacientes mais pobres, alguns dos quais esperavam o transplante havia anos. Os três primeiros foram eliminados de saída: eram pretos retintos, vindos de antigas colônias na África. Constatação que fez suspirar um dos membros do grupo: "Bom era quando eles ficavam lá na terra deles". Seguiam-se quatro indianos e três paquistaneses, automaticamente excluídos. Alguém até comentou, bem-humorado, que eles poderiam se distrair com uma guerrinha particular enquanto aguardavam um novo rim.

Com os dois seguintes, a coisa começou a melhorar. Eram mulatos, um deles bastante claro, o que provocou uma discussão: o que é, exatamente, ser branco? Como caracterizar tal condição? A que grau deveria chegar a palidez da pele, para que a diretriz relativa ao transplante só para brancos fosse cumprida? Como não chegaram a um acordo, criaram ali mesmo uma norma que poderia ser resumida assim: na dúvida, contra o réu. Ou seja: brancura, só imaculada.

O último paciente era branco. Inegavelmente branco. Mas aí o faxineiro do hospital, que estava por ali, fez uma grave denúncia: branco, sim, mas a avó dele era uma mulata, do Caribe. O paciente foi rejeitado.

Foram aos quartos particulares, e lá, sim, havia um branco autêntico, em estágio final de insuficiência renal, o que só lhe acentuava a palidez. O transplante foi feito, mas o paciente morreu logo depois.

– Culpa dos negros – comentou um dos membros do grupo. – Eles nos atrasaram tanto que chegamos tarde demais.

História telefônica

"Linha some e aparece em casa vizinha."
Cotidiano, 19 jul. 1999

Ele não entendia o que estava acontecendo. O telefone tocava a todo instante e era sempre o mesmo tipo de ligação: alguém que, sem se identificar, pedia a encomenda, fornecendo em seguida um endereço.

É trote, foi a primeira coisa que lhe ocorreu. Mas nesse caso tratava-se de um trote coletivo, um trote no qual centenas de pessoas participavam, o que exigiria uma organização considerável. Além disso, o tom do pedido não era de trote. Era um tom ansioso, angustiado mesmo. E aí ele se deu conta: a linha telefônica que estava em sua casa não era a dele, era de outro, alguém que fornecia a tal encomenda. Já ia ligar para a companhia telefônica, fazendo a reclamação, mas aí bateu-lhe uma súbita curiosidade: que tipo de encomenda seria aquela? Não precisou pensar muito para chegar a uma conclusão: era coca. A linha telefônica que agora estava em sua casa era de um traficante.

Resolveu fazer uma experiência. Comprou um pouco da substância e, quando alguém fez o pedido, enviou-a por um motoboy conhecido. Uma hora depois o rapaz retornou e, sem comentário, entregou-lhe um envelope. Continha uma substancial quantia.

Daí em diante o negócio estava instalado. Ele arranjou um fornecedor de cocaína, fazia as entregas, recebia a grana. Durante uma semana o esquema funcionou à perfeição. Mais: ele nunca ganhara tanto dinheiro em sua vida. Para quem, como ele, estivera desempregado e sem perspectivas, aquilo era um verdadeiro presente do céu. Uma semana depois da primeira entrega, contudo, o telefone tocou. Do outro lado, uma voz grossa pediu, depois de hesitar um pouco, a encomenda.

– Pois não – respondeu, gentil. – Qual é o endereço?

Mas não houve resposta. O misterioso interlocutor simplesmente desligou. E quando o fez, ele teve a certeza de que, não apenas o seu negócio estava liquidado, como também a sua expectativa de vida se reduzira consideravelmente.

A insônia dos justos

> **"Erro faz aposentado receber R$ 6 milhões; homem devolveu o dinheiro."**
>
> *Cotidiano*, 30 jul.1999

Desde aquela história de Jó contada no Antigo Testamento, Deus e o Diabo não apostavam sobre os seres humanos, com o que a eternidade já estava ficando meio monótona. O Maligno resolveu, então, provocar o Senhor: que tal uma nova aposta? Deus, na sua infinita paciência, topou.

Dessa vez, contudo, o Diabo estava decidido a não perder. Para começar, escolheu cuidadosamente o lugar onde procuraria sua vítima: um país chamado Brasil, no qual, segundo seus assessores, a diferença entre pobres e ricos chegava ao nível da obscenidade. Os mesmos assessores tinham sugerido que se concentrasse em aposentados, pessoas que sabidamente ganham pouco.

O Diabo pôs-se em ação. Foi-lhe fácil induzir um erro no sistema de pagamento de aposentadorias, com o qual um aposentado recebeu, de uma só vez, mais de

R$ 6 milhões. E aí tanto o céu como o inferno pararam: anjos, santos e demônios, todos queriam ver o que o homem faria com o dinheiro. O Diabo, naturalmente, esperava que ele se entregasse a uma vida de deboches: festas espantosas, passeios em iates luxuosos, rios de champanhe fluindo diariamente.

Não foi nada disto que aconteceu. Ao constatar a existência do depósito milionário, o aposentado simplesmente devolveu o dinheiro. Eu não conseguiria dormir, disse, à guisa de explicação.

O Diabo ficou indignado com o que lhe parecia uma extrema burrice. Mas então teve a ideia de verificar o quanto o homem recebia de aposentadoria por mês: menos de R$ 600. Deu-se conta então de seu erro: a desproporção entre esta quantia e os R$ 6 milhões da tentação tinha sido grande demais.

Mas o Diabo aprendeu a lição. Pretende desafiar de novo o Senhor. Desta vez, porém, escolherá um milionário, alguém familiarizado com o excesso de grana. Ou então um pobre. Mas neste acaso fornecerá, além de muito dinheiro, um frasco de pílulas para dormir. A insônia dos justos tira o sono de qualquer diabo.

O grande encontro dos desaparecidos

> **"Sem destino: 102,2 mil desapareceram em 6 meses."**
> *Cotidiano*, 10 jul. 1999

Uma vez ao ano os desaparecidos se reúnem. Sempre em data diferente e em local diferente: às margens de um grande rio, no meio da floresta, no alto de uma montanha. Ninguém falta. Por certos mecanismos de comunicação, do qual só os desaparecidos têm conhecimento, a notícia chega a todos e a cada um deles.

No dia aprazado lá estão. Usam máscaras, naturalmente. Alguns – precaução adicional – colocam vendas sobre os olhos: não querem ver os rostos, mesmos disfarçados, dos outros desaparecidos.

O encontro é, sobretudo, de trabalho. Para isso, os desaparecidos são divididos em comissões temáticas, que têm como objetivo responder a perguntas cruciais: é lícito desaparecer quando há uma crise na família? O desemprego é uma boa razão para o desaparecimento?

Deve uma possível reaparição ser precedida de exigências ao grupo, à comunidade, ao país?

As discussões são intensas e acaloradas. Mas há também tempo para amenidades, para amável convívio, em que os desaparecidos intercambiam experiências e relatam episódios diversos, pitorescos ou não. Entre as figuras mais interessantes está a de um ancião com cerca de 90 anos, desaparecido quando bebê. Criado por feras do mato, ele preferiu, no entanto, desaparecer na civilização e assim percorreu o Brasil de sul a norte e de leste a oeste, desaparecendo em cidades, em fazendas, em feiras livres e até numa grande convenção do comércio lojista. Suas histórias, engraçadas ou trágicas, são muito apreciadas.

À medida que se aproxima o final do encontro, os desaparecidos vão ficando cada vez mais inquietos; consultam o relógio ou miram o crepúsculo. Em breve terão de desaparecer, e isso será um choque. Sentir-se-ão melhor depois que sumirem, depois que se dissolverem no anonimato. Mas a ânsia os acompanhará para sempre, mesmo nos momentos de maior liberdade. Dentro de cada desaparecido há um ser incógnito que faz força para aparecer. E que, em algum momento, o conseguirá.

Olhar contábil

> **"Banco identifica os clientes pelos olhos."**
> *Mundo*, 25 abr. 1998

Na pequena agência bancária do interior de Minas Gerais, a notícia de que um dispositivo especial estaria identificando clientes pelos olhos provocou muita discussão. Alguns achavam que se tratava de um progresso fantástico. Outros temiam que o invento aumentasse o desemprego entre os bancários. E havia uma outra opinião, a do caixa José Inácio. Ele achava o tal invento desnecessário.

– Sou capaz de identificar qualquer cliente deste banco e não preciso de máquina nenhuma para me ajudar.

Os colegas, que o conheciam como fanfarrão, não acreditavam. Perdeu a paciência:

– Escutem: essa tal de máquina identifica os clientes pelos olhos, não é? Pois eu vou fazer a mesma coisa.

Expôs o seu plano. Anunciaram à clientela que a agência, sempre inovadora, adquiriria uma das famosas máquinas inglesas de identificação pelos olhos, máquina essa que em breve estaria à disposição de todos. De fato, na semana seguinte, lá estava, no saguão, uma caixa de madeira, bastante grande, com uma espécie de visor de vidro iluminado. Para se identificar, o cliente deveria olhar pelo visor. Dentro da caixa, não havia dispositivo nenhum, claro. Ali, ocultava-se o José Inácio. Por um intercomunicador, anunciaria ao gerente o nome das pessoas.

Nos três primeiros dias, o seu percentual de acertos foi 100%. Não apenas identificava os clientes como transmitia ao gerente uma rápida avaliação: "Esse é caloteiro. Não dê crédito a ele". Ou: "Esse é bom pagador. Pode fazer empréstimo". Não errava nunca, e seu prestígio estava nas alturas. Mas, aí, aconteceu.

Na manhã do quarto dia, surgiu no retângulo de vidro iluminado o mais belo par de olhos que José Inácio já tinha visto. Tão lindos eram aqueles olhos que ele não hesitou em transmitir a sua incondicional aprovação: "Empreste o que ela quiser, senhor gerente".

Estava errado, obviamente. Tratava-se da conhecida vigarista Maria Teresa, famosa em outras cidades pelos golpes que aplicava. O deboche foi tão grande que José Inácio, humilhado, pediu demissão.

Mas aqueles olhos mudaram sua vida. Hoje, vive com a bela Maria Teresa. Ajuda-a na sua carreira de estelionatária. A experiência que teve no banco ajuda muito. Afinal, como a máquina britânica, é capaz de identificar as pessoas só pelos olhos.

Um dia na vida do cartão inteligente

"Preço menor viabiliza cartão inteligente."
Dinheiro, 26 ago. 1999

Não eram ainda dez horas quando ele recebeu, pelo correio especial, o seu novo cartão inteligente. Foi com emoção que ele abriu o envelope – não tinha a menor ideia de como seria esse novo cartão, que, dizia a publicidade, inovava tudo o que se conhecia em matéria de cartões de crédito.

E era diferente mesmo. Não apenas pelo formato – um pouco maior do que os cartões comuns – como também pelo mostrador, semelhante ao das calculadoras. Havia ali uma mensagem: "Bom dia. Sou o seu cartão inteligente. Aqui estou para lhe prestar todos os serviços de que necessite".

Entusiasmado, ele resolveu ir às compras. Foi ao *shopping*, passou por diversas lojas. De repente, avistou um belo paletó, um paletó importado, elegantíssimo. Entrou, experimentou. Caiu-lhe muito bem. Sacou do bolso o cartão inteligente e já ia entregá-lo ao vendedor, quando no mostrador apareceu uma mensagem: "Não compre esse paletó. Você não precisa dele. Você já tem muitos paletós e, além disso, o preço está exagerado. Não compre".

Perturbado, guardou o cartão no bolso, deu uma desculpa qualquer ao intrigado vendedor e bateu em retirada.

Foi para o escritório, trabalhou um pouco – mas não podia deixar de pensar no que tinha acontecido. Teria mesmo o cartão lhe dado um conselho?

Decidiu tentar novamente. Saiu, entrou numa livraria, apanhou um livro de economia. Foi ao caixa, com o cartão na mão – mas, de novo, ali estava um aviso: "Não compre esse livro. As ideias do autor estão completamente superadas. As revistas norte-americanas há muito o esqueceram". Deixou o livro sobre o balcão e saiu correndo.

Passou a tarde em casa, com dor de cabeça. E sabia por quê. Tinha um encontro marcado com uma moça que conhecera numa convenção de negócios. Sentira-se muito atraído por ela; convidara-a para jantar, naquela mesma noite. Seria, esperava, o início de uma bela ligação. Mas – e aí vinha a atroz dúvida – o que diria o cartão, na hora em que fosse pagar a conta do jantar? O que faria se aparecesse no mostrador algo como: "Não pague a conta para essa mulher, ela não é para você"?

Telefonou para a moça, cancelando o encontro. E aí, com dor de cabeça, foi para a cama. Mas não podia dormir – sobretudo porque não podia sonhar. O que diria o cartão inteligente de seus sonhos, absurdos como todos os sonhos?

A agenda do sexo

> **"Agendas viram desculpa para crises conjugais."**
> *Cotidiano*, 29 ago. 1999

Os dois tinham agenda cheia. Ele, executivo de uma grande multinacional, ela, gerente de uma cadeia de lojas, eram pessoas ocupadíssimas. Mas tinham consciência de que a vida conjugal é uma coisa importante, de modo que tentavam arduamente encontrar espaço nas respectivas agendas para um encontro, furtivo que fosse. Mas era impossível. Ela telefonava para ele: "Hoje, ao meio-dia, que tal?" Ele consultava a agenda: "Não dá. Ao meio-dia tenho um almoço. Que tal às duas?" Não, às duas ela não podia. Tinha uma meia hora livre no fim da tarde, mas nesse horário ele estaria em reunião.

Mas não moravam na mesma casa? Moravam na mesma casa, sim. Isto é: quando não estavam viajando, porque viagens eram coisas frequentes na vida de ambos. Quando acontecia de estarem em casa à noite, juntos, o cansaço de ambos era tamanho que, ao deitar, vencidos pelo sono, adormeciam imediatamente. Um dia, o chefe mandou chamá-lo. Estava muito preocupado.

– Recebemos uma mensagem importante. Uma pessoa da matriz está aqui na cidade, incógnita. Veio investigar especificamente a situação do seu setor. Quer que você vá vê-la, hoje, às quinze horas. Vou lhe dar o endereço.

Era um luxuoso hotel no centro da cidade. Quando lá chegou, havia um recado à sua espera na portaria: deveria dirigir-se imediatamente à suíte 901. Foi até lá, encontrou a porta entreaberta. Entrou – e, surpresa das surpresas, lá estava a mulher, em *lingerie* preta, deitada na cama. Atirou-se sobre ela, e, enfim, conseguiram fazer amor.

Esses encontros se repetiram muitas vezes até que, naturalmente, foram descobertos – e despedidos. Agora, sem emprego, têm todo o tempo do mundo para fazer sexo. Mas não usam todo o tempo do mundo para fazer sexo. Usam todo o tempo do mundo para reler, com profunda saudade, as agendas cheias que ambos guardam como recordação.

Inconfiáveis cupins

> "Cupins mantêm acervo do Masp fechado. Obras só serão exibidas em março de 2000; insetos estavam próximos a telas de Velásquez e Van Gogh."
>
> *Ilustrada*, 14 set. 1999

Havia um homem que odiava Van Gogh. Pintor desconhecido, pobre, atribuía todas suas frustrações ao artista holandês. Enquanto existirem no mundo aqueles horríveis girassóis, aquelas estrelas tumultuadas, aqueles ciprestes deformados, dizia, não poderei jamais dar vazão ao meu instinto criador.

Decidiu mover uma guerra implacável, sem quartel, às telas de Van Gogh, onde quer que estivessem. Começaria pelas mais próximas, as do Museu de Arte Moderna de São Paulo.

Seu plano era de uma simplicidade diabólica. Não faria como outros destruidores de telas que entram num museu armados de facas e atiram-se às obras, tentando destruí-las; tais insanos não apenas não conseguem seu intento, como acabam na cadeia. Não, usaria um método científico, recorrendo a aliados absolutamente insuspeitados: os cupins.

Deu-lhe muito trabalho, aquilo. Em primeiro lugar, era necessário treinar os cupins para que atacassem as telas de Van Gogh. Para isso, recorreu a uma técnica pavloviana. Reproduções das telas do artista, em tamanho natural, eram recobertas com uma solução açucarada. Dessa forma, os insetos aprenderam a diferenciar tais obras de outras.

Mediante cruzamentos sucessivos, obteve um tipo de cupim que só queria comer Van Gogh. Para ele era repulsivo, mas para os insetos era agradável, e isso era o que importava.

Conseguiu introduzir os cupins no museu e ficou à espera do que aconteceria. Sua decepção, contudo, foi enorme. Em vez de atacar as obras de arte, os cupins preferiram as vigas de sustentação do prédio, feitas de madeira absolutamente vulgar. E por isso foram detectados.

O homem ficou furioso. Nem nos cupins se pode confiar, foi a sua desconsolada conclusão. É verdade que alguns insetos foram encontrados próximos a telas de Van Gogh. Mas isso não lhe serviu de consolo. Suspeitava que os sádicos cupins estivessem querendo apenas debochar dele. Cupins e Van Gogh, era tudo a mesma coisa.

A briga do falso

> **"Violência: foragidos usam escopeta e armas de brinquedo em tentativas de assalto."**
> *Cotidiano*, 23 set. 1999

O homem vinha andando pela rua – deserta àquela hora da noite – quando o foragido surgiu à frente dele, apontando-lhe um revólver, ameaçador: passa a grana, cara, passa a grana.

O homem riu:

– Esse golpe é velho, cara.

– Que golpe? – o foragido, perplexo e irritado.

– Esse. O golpe do assalto com arma de brinquedo.

Agora foi a vez de o assaltante sorrir, e era um sorriso sinistro, o dele.

– Vamos ver se entendi bem: você diz que o revólver, este revólver que estou apontando para você é um revólver de brinquedo. Um revólver plástico. Falso.

– É exatamente isso que estou dizendo, cara. Que é um revólver falso.

– E por causa disso você não quer me entregar o dinheiro.

– É.

O foragido sacudiu a cabeça, desgostoso.

– Você me ofendeu, homem. Com essa afirmação você me ofendeu profundamente. Você me ofendeu tanto que até perdi o interesse em sua grana. De modo que vou lhe fazer uma proposta. Você pode escolher: ou eu disparo – e você morre –, mas não levo a grana, em sinal de respeito à sua coragem; ou não disparo e você me entrega o dinheiro. O que você quer?

O homem refletiu um instante. Com um suspiro, sacou do bolso um maço de notas novas, de R$ 50, e entregou-as ao bandido. Que riu:

– Você tinha razão em defender o seu dinheiro. É uma bolada mesmo. Obrigado.

E foi-se. Sozinho, o homem sorriu, melancólico. O assaltante tinha acabado de embolsar a primeira leva de dinheiro falso fabricado por ele, numa gráfica clandestina não longe dali. Trabalho perdido, naturalmente, mas prejuízo pequeno. Incomodava-lhe mais a sua própria covardia. Estava seguro de que o revólver era falso. Mas não tivera coragem de levar até o fim a sua convicção. Falso por falso, o bandido levara a melhor.

Dormir, não.
Sonhar, muito menos

> "Um mendigo chega ao largo do Arouche e se deita no banco. Imediatamente, o 'zelador de rua' Antonio Marcelo de Souza passa e o toca com a mão. A cena se repete tantas vezes quantas forem necessárias para convencer o morador de rua a deixar o local. 'Pode até sentar, mas não dormir."
>
> *Cotidiano, 27 set. 1999*

Para bem exercer sua tarefa, um "zelador de rua" deve ser treinado cuidadosamente. Em primeiro lugar, precisa identificar corretamente um mendigo. A aparência externa não basta; sob as vestes em trapos pode estar escondido um milionário exótico em busca de emoções diferentes e pronto a reagir em caso de uma possível interferência em sua vida pessoal. Daí a necessidade de tocar o suspeito com a mão. Trata-se de um verdadeiro exame clínico: a pele de um mendigo – a arcaica sujeira, a sarna com que convive desde tempos imemoriais – é muito reveladora.

Feita a identificação, é preciso agir e, de novo, tal exige habilidade. Nessa época em que os direitos humanos estão nas manchetes, todo cuidado é pouco. Sentar num banco de praça está ao alcance de qualquer um. Mendigos mais arrogantes têm inclusive feito pronunciamentos do tipo "o banco de um homem é o seu castelo" (o banco da praça, bem entendido). Sentar, portanto, os mendigos podem. O que não podem – não devem – é dormir. O sono de um mendigo é extremamente perigoso. Não só por causa do mau exemplo que representa – alguém que não trabalha a dormir tranquilamente como se estivesse em paz com a sua consciência – como também pelas consequências imprevisíveis do sono. Quem dorme, pode sonhar. E nos sonhos, como se sabe, começa a irresponsabilidade.

É preciso insistir nesse ponto. Há informações seguras de que os mendigos estão adotando novas técnicas para enganar a vigilância que sobre eles se exerce. Alguns conseguem dormir de olhos abertos. Parecem acordados, mas estão dormindo. E sonhando. Sonhando, por exemplo, que estão tranquilamente sentados num banco de praça e que nenhum "zelador de rua" vem acordá-los.

Os cachorros emergentes

> **"*Socialite* faz festa privê para cadela: aniversário tem bolo especial para cães."**
> *Cotidiano*, 19 out. 1999

A festa foi, como se esperava, um sucesso absoluto. Todas as emergentes dignas desse nome estavam presentes, acompanhadas, naturalmente, de seus cães. A conversa estava animada, mas mais animados ainda eram os latidos dos caninos convidados, alguns dos quais estavam se encontrando pela primeira vez. Diversos pratos foram servidos aos cães, culminando com o bolo preparado por um especialista em culinária canina, acompanhado de refrigerantes em latinhas descartáveis. Ainda que uma ou outra *socialite* tivesse mencionado a possibilidade de dar cerveja aos animaizinhos, a hipótese foi afastada com absoluto desprezo.

Um único incidente empanou o brilho do evento. Já pelas tantas, a atenta anfitriã teve sua atenção despertada por um estranho cão, muito grande e de raça indefinida. Indiferente ao que se passava no salão, o bicho atirava-se com verdadeira fúria aos alimentos, devorando tudo o que encontrava pela frente. Discretamente, ela interrogou as convivas. Como suspeitava, nenhuma delas havia trazido o animal. Tratava-se de um clandestino, de um infiltrado na celebração.

Os seguranças foram chamados e rapidamente capturaram o intruso. E aí, a surpresa.

Não era um cachorro. Era um garoto de seus dez anos, magrinho e miudinho, oculto sob a pele de um cão. Interrogado, confessou: morador de uma favela próxima, tinha ouvido falar da festa e bolara aquele disfarce. Não, não pensara em assalto; o seu problema era fome, mesmo, uma fome antiga, devoradora. Por coincidência, no mesmo dia encontrara o cadáver do cão, atropelado numa avenida próxima. O que lhe dera a ideia do disfarce.

Encerrado o desagradável incidente com a prisão do transgressor, a *socialite* foi muito cumprimentada por sua perspicácia, digna de um Sherlock Holmes. Todas queriam saber como desconfiara do falso cão. Simples, respondeu ela:

– Em primeiro lugar, era um bicho muito grande, e, como vocês sabem, eu havia vetado cães acima de um certo tamanho. Em segundo lugar, notei que ele comia de tudo, mas rejeitava o caviar, este caviar especial para cães que eu importei. Ora, todos sabem que a marca registrada de um cão emergente é a sua identificação com a dona, inclusive e principalmente na preferência pelo caviar.

Critério verdadeiramente genial, foi a constatação unânime. A festa prosseguiu, sendo então servida a sobremesa: brigadeiros feitos com chocolate especial para cães.

Sonho ovular

> **"EUA têm leilão de óvulos de modelos."**
> *Mundo,* 26 out. 1999

Solteirão, ele tinha contudo um sonho amoroso: apaixonara-se por uma modelo norte-americana, uma moça belíssima, que conhecia só de revistas e de desfiles na TV. Por óbvias razões não tinha muita esperança de realizar tal sonho. Qual não foi sua surpresa, portanto, quando viu na Internet uma foto de sua amada anunciando que os óvulos dela estavam disponíveis para leilão. Aquilo fez o seu coração bater mais forte: era, evidentemente, uma mensagem do destino. E de imediato decidiu: precisava obter um óvulo da amada. Seria uma forma, microscópica por assim dizer, mas muito real, de consumar a sua paixão. Se não podia tê-la *in totum*, pelo menos a teria em óvulo. E quando esse óvulo fosse fecundado por seu espermatozoide, a união entre ambos estaria, verdade que simbolicamente, consumada. Ou então, e melhor ainda, poderia partir daquele óvulo para fazer um clone da modelo: uma versão apaixonada da história da ovelha Dolly. Enfim, perspectivas animadoras, excitantes mesmo.

Comprar o óvulo não foi fácil. O leilão era em forte dólar, não no anêmico real. Mas ele não desistiu: vendeu o apartamento, o carro, uns poucos bens. E foi à luta: fez sua oferta. Depois de dias de espera torturante, veio a resposta: tinha ganho o óvulo, que já estava seguindo para o seu endereço em recipiente especial.

Foi com emoção que ele recebeu a encomenda. Não sabendo o que fazer com ela, optou por guardá-la no *freezer*. Enquanto isso, procuraria um especialista para ajudá-lo na empreitada amorosa.

E aí, o choque. Dois dias depois, pela manhã, abriu o *freezer* – e não encontrou o recipiente com o óvulo. Aflito, interrogou a faxineira, que cuidava de seu apartamento havia anos. Ela tinha, sim, visto a coisa:

– Uma caixinha de plástico, bem fechada? Estava aí. Eu abri, e como não vi nada lá dentro, joguei no lixo. Estava só ocupando espaço, não é?

Ele sofreu muito com esse desfecho, mas resolveu esquecer o ocorrido. Curiosamente, nos últimos dias tem conversado muito com a faxineira. Divorciada, ela não é feia; mais, parece-lhe bem inteligente. Em termos de espaço na casa, por exemplo, revela grande senso prático. Verdade, não tem muita consideração para com as coisas microscópicas – mas quem sabe isso não é uma qualidade?

O sexo no jogo, o jogo do sexo

> "Sexo antes do jogo pode ajudar atleta. Manter uma relação sexual antes de um jogo pode ajudar o atleta. Segundo um estudo italiano, o sexo torna o atleta mais agressivo para o evento esportivo."
>
> *Mundo,* 26 nov. 1999

Sua trajetória como jogador não era das piores, mas ultimamente ele vinha passando por aquilo que a imprensa rotulava de "período difícil": desempenho apenas medíocre, um gol de vez em quando – muito pouco, para quem já fora considerado um goleador. Esta situação o preocupava, sobretudo porque começava a receber discretas vaias. A época da renovação do contrato se aproximava e ele teria de fazer alguma coisa.

Foi então que leu a notícia sobre os efeitos do sexo antes de uma partida. Aquilo o animou. Dava-se conta agora que, de fato, sua vida sexual não tinha sido das mais brilhantes e que aquela podia ser uma explicação para seus fracassos.

Resolveu experimentar. No domingo, pouco antes do jogo, convocou a esposa. Fiel companheira – namoravam desde a infância – ela se admirou: antes do jogo?

Não seria um desperdício de energia? Ele garantiu que não, que, ao contrário, aquilo seria um verdadeiro tônico. Tão animado estava que até repetiu a dose.

Funcionou. Sua atuação nada teve de notável, mas todos concordaram em que havia uma nítida melhora. Você está mais agressivo, disseram, e aquilo soou aos ouvidos dele como o maior dos elogios. Estava decidido: daí em diante, sexo antes do jogo seria rotina.

E rotina se tornou. Cada partida era precedida por uma passagem pelo leito conjugal. E a melhora prosseguia, ainda que em ritmo lento. Ele ainda não marcara o gol consagrador que esperava, mas sentia que estava perto disso.

E aí aconteceu. Um dia, ele já sem roupa, a esposa se desculpou: não poderiam fazer sexo, estava com uma dor de cabeça infernal. Ele pediu, argumentou, exigiu. Não houve jeito. Ela não queria mesmo. É um jogo sem muita importância, disse, à guisa de desculpa.

Furioso, ele vestiu-se, saiu de casa. E deu de cara com a vizinha do lado. Uma loira belíssima, sensual, que há muito lhe dava bandeira. O que houve, ela perguntou. Ele hesitou, mas acabou contando. A loira riu, ofereceu-se para suprir a deficiência. Entraram na casa dela e foi aquele festival. Por pouco ele não chegou atrasado ao estádio. Onde teve uma bela atuação. Não; uma notável atuação. Marcou três gols.

Desde então, vem-se saindo muito bem nos estádios. Os colunistas esportivos cobrem-no de elogios. Quem não entende o que está se passando é a esposa. Cada vez que quer fazer amor ele alega que está com dor de cabeça.

Reversão da expectativa

> "Expectativa de vida deve prejudicar aposentado. O aumento da expectativa de vida do brasileiro vai provocar a redução dos valores dos benefícios pagos para quem requer a aposentadoria."
>
> *Brasil,* 1º dez. 1999

Ao receber o seu demonstrativo de pagamento o aposentado teve uma surpresa. Não apenas não tinha nada a receber, como uma lacônica mensagem informava que agora estava devendo à Previdência uma quantia ainda maior do que o seu benefício.

Alarmado, mostrou o documento à mulher, que lançou um olhar indiferente ao papel e não se mostrou preocupada. Deve ser erro do computador, disse, essas coisas nunca funcionam direito. Ele, contudo, não se tranquilizou. Queria saber o que estava acontecendo.

Como caminhava com dificuldade – era um homem muito idoso –, pediu a um vizinho que o levasse, de carro, a um posto da Previdência. Lá foi atendido por um funcionário que examinou, impassível, o demonstrativo e depois consultou o computador.

– É isso mesmo – disse, por fim. – O senhor está devendo dinheiro para a Previdência. E lhe digo mais: a sua dívida vai continuar aumentando.

Assustadíssimo, o aposentado quis saber a razão daquilo.

– É que o senhor ultrapassou a expectativa de vida prevista – disse o homem.

– A minha o quê?

– Expectativa de vida. O senhor não podia viver tanto quanto está vivendo. Por isso tem de restituir dinheiro.

E, à guisa de consolo, acrescentou:

– O senhor não é o único. Tem muita gente na mesma situação. É nisso que dá viver tanto. Há um preço a pagar.

O aposentado voltou para casa, cabisbaixo, e contou à mulher o que tinha acontecido. Ela se enfureceu: aquilo não ficaria assim, falaria com um deputado conhecido, mexeria céus e terras se fosse preciso. Mas o marido, cuja vida tinha sido cheia de reveses e infortúnios, não acreditava que o protesto desse resultado. Tinha de se conformar. Pior seria se houvesse atingido a idade daquele patriarca bíblico, o Matusalém, que viveu 969 anos. Aí não haveria dinheiro que chegasse.

A vida em *fast-forward*

> **"Canais aceleram filmes para não precisar cortá-los."**
> *TV Folha*, 5 dez. 1999

A especialidade dele dentro da emissora de TV era essa, acelerar filmes. Era uma especialidade muito valorizada: todo o mundo sabe que, em televisão, um segundo vale muito dinheiro, de modo que ele tinha consciência da importância de sua tarefa. Que aliás executava com notável perícia. Sabia exatamente o que acelerar. Não mexia nas cenas de sexo explícito, claro, mas quando o personagem ficava em silêncio, na janela, meditando, era certo que ele suprimiria pelo menos uns 20 segundos da cena. Pensar demais faz mal, era a explicação que dava. Os colegas reconheciam o seu valor. Ele faz com a tecla de *fast-forward* o que Mozart fazia com as teclas do piano, disse um deles, e essa opinião era por todos admitida. O que se refletia em seu salário, altamente compensador. Vivia, portanto, no melhor dos mundos, até que teve o sonho. O sonho que mudou a sua existência.

Sonhou que estava numa velha casa, olhando um televisor, igualmente antigo. E o que ele via não era a novela ou o noticiário. Era um filme. O filme de sua vida. Que alguém tinha, naturalmente, acelerado.

Ali estava ele, nascendo; ali estava ele, criança – e que menino engraçadinho era, queria se admirar como menino, mas era tarde demais, o filme seguia, e ele já estava crescendo, e estava no colégio, e uma cena mostrava-o falando com a professora e dizendo: "Quando eu crescer quero ser...", mas antes que a frase pudesse ser concluída ele já tinha deixado a escola e estava em outro colégio, e agora seus pais estavam se separando, e ele queria pedir que não fizessem isso, que tentassem mais uma vez, mas o filme já ia em frente, e agora ele estava com sua namorada, e era tão bom estar com aquela menina meiga, linda, mas o tempo passava, o tempo inexoravelmente passava, e agora ele já era adulto e trabalhava numa emissora de TV, e a sua tarefa era acelerar filmes, ele vivia feliz, mas um dia apareceu o caroço, aquele caroço no pescoço, e o médico fez uma biópsia, e ele foi buscar o resultado no laboratório, abriu o envelope, e a câmera mostrava o laudo médico, mas tudo foi tão rápido que ele não pôde ler o resultado.

Acordou suando, aos gritos. O que foi, perguntou a mulher, assustada. Nada, disse ele, e automaticamente levou a mão ao pescoço. Não, não havia nenhum caroço ali no momento. Mas ele não sabia o que lhe reservava o futuro. Não sabia o que lhe preparava a vida em *fast-forward*.

Dublê: uma dupla história

> "PF descobre dublês de vestibulandos: estudantes pagavam até R$ 25 mil para assegurar vaga."
>
> *Cotidiano*, 29 dez. 1999

Primeira história

Ele sabia que não seria aprovado no vestibular, mas sabia exatamente o que fazer para ser aprovado no vestibular: tinha que arranjar um dublê, alguém que o substituísse no exame.

A seleção do dublê foi feita com todo o cuidado – com o mesmo cuidado com que, bem, é elaborado o vestibular. Entrevistou vários candidatos. Examinou seus currículos e submeteu-os a testes de conhecimentos. Estava em busca do dublê perfeito. Que deveria reunir duas condições. Em primeiro lugar, a capacidade de assegurar uma vaga na universidade. Mas também queria que esse dublê fosse muito parecido com ele próprio: mesmas feições, mesmo peso, mesma altura, voz parecida. Um gêmeo quase. Assim, evitaria problemas com algum fiscal ou policial, mais zeloso no exame da identidade. E acabou encontrando esse rapaz.

Tudo funcionou à perfeição. O dublê fez o vestibular, passou, garantiu a tão desejada vaga. E aí ele cometeu um erro.

Feliz com o desfecho, resolveu dar uma festinha e convidou o dublê para ir a sua casa. Lá, apresentou-o à namorada. Que, inevitavelmente, ficou fascinada com a semelhança entre os dois. E ficou fascinada também com a simpatia e a inteligência do dublê.

Estão namorando. Quanto ao preterido, agora procura uma dublê para sua ex-namorada.

Segunda história

Ele fez vestibular para medicina várias vezes, sem êxito. Até que achou um dublê, que prestou exame por ele e garantiu uma vaga.

Suas dificuldades, contudo, continuaram na faculdade. Ele não levava mesmo jeito para a coisa. Mas não desistiria: sucessivos dublês o substituíam nas aulas e nas provas.

Hoje é médico. Neurocirurgião. De muito sucesso aliás. Mas não atende pacientes, nem opera. Tem um dublê muito bom para isso.

Ladrões: o impossível diálogo

> **"Obra de Cézanne é roubada em Oxford."**
> *Mundo*, 2 jan. 2000
> **"Desenho de Picasso é roubado em Paris."**
> *Ilustrada*, 3 jan. 2000

Em Oxford, um homem lê no jornal que um desenho de Picasso foi roubado em Paris. Em Paris, um homem lê no jornal que uma obra de Cézanne foi roubada em Oxford.

Em Oxford, um homem põe o jornal de lado e contempla a tela de Cézanne que está à sua frente. É com desgosto que o faz. Nunca gostou de Cézanne. Roubou o quadro porque era o que podia roubar, o que estava disponível. Mas o que ele queria mesmo era um Picasso. Picasso é o artista de seus sonhos.

Em Paris, um homem põe o jornal de lado e contempla o desenho de Picasso que está à sua frente. É com desgosto que o faz. Nunca gostou de Picasso. Roubou o desenho porque era o que podia roubar, o que estava disponível. Mas o que ele queria mesmo era um Cézanne. Cézanne é o artista de seus sonhos.

Em Oxford, um homem tem uma ideia: trocar o quadro de Cézanne, que acabou de roubar, por um desenho de Picasso que também acabou de ser roubado.

Em Paris, um homem tem uma ideia: trocar o desenho de Picasso, que acabou de roubar, por um quadro de Cézanne, que também acabou de ser roubado.

Como encontrarei o homem que roubou o Picasso, pergunta-se, angustiado, o homem que roubou o Cézanne (há razão para sua angústia: quem rouba um Picasso não quer ser encontrado). Como acharei o homem que roubou o Cézanne, pergunta-se, angustiado, o homem que roubou o Picasso (há razão para sua angústia: quem rouba um Cézanne não quer ser encontrado).

Este será um século de desencontros, pensa o homem que roubou o Cézanne. Este será um século de desencontros, pensa o homem que roubou o Picasso.

O que pensavam a respeito Cézanne e Picasso, ninguém sabe.

Ao telefone, sexo é outra coisa

> "A melhor notícia do dia: o cara ligou pro telessexo e foi atendido pela própria mulher. A mulher estava fazendo um bico!"
>
> *José Simão*, 11 jan. 2000

Nunca havia ligado para o telessexo. Mas, casado havia muitos anos, estava meio enfarado do rotineiro sexo que fazia com a esposa; sempre nos mesmos dias, sempre nas mesmas posições, sempre o virar-pro-outro-lado-e--dormir. De modo que resolveu variar um pouco e aí se lembrou do serviço de sexo por telefone. Ainda hesitou: não estaria traindo a fiel cônjuge? Decidiu que não, que pelo telefone sexo era outra coisa, não era traição.

Ligou. Do outro lado, uma voluptuosa voz feminina começou, de imediato, a dizer-lhe coisas excitantes, coisas como nunca tinha ouvido antes. Arrebatado de paixão, notou, contudo, que a voz lhe parecia estranhamente familiar. Logo se deu conta: era a voz da esposa. O que você está fazendo aí?, perguntou indignado.

– Eu? Eu estou ganhando um dinheirinho para ajudar nas despesas da casa – foi a irritada resposta, seguida de uma igualmente irritada interrogação. – E você, o que está fazendo aí?

Durante meia hora bateram boca pelo telefone. Disseram-se tudo que não se haviam dito em vinte e seis anos de casamento. No final, ela anunciou que voltaria para casa para pegar suas coisas e que iria embora. Agora que estava ganhando a sua própria grana não precisava mais dele e de seu rotineiro sexo.

Voltou, de fato, uma hora depois. Mas não foi embora: ele pediu desculpas, ela também pediu desculpas, caíram nos braços um do outro.

Antes da relação, ele fez um pedido: queria que ela repetisse as coisas que tinha dito no telessexo. Mas tais coisas, infelizmente, ela não sabia dizer ao vivo. Só ao telefone. De modo que agora fazem amor com o telefone na cama. Atrapalha um pouco, mas o resultado final é muito bom. A única providência é retirar o aparelho na hora de se voltar para o outro lado e dormir.

O gol plagiado

> **"Jogador quer direito autoral sobre seus gols."**
> *Esporte*, 20 jan. 2000

"**P**rezados senhores: dirigindo-se a V.Sa., refiro-me à notícia segundo a qual jogadores de futebol do Reino Unido, como Michael Owen e Ryan Giggs, querem receber autorais pela exibição de seus gols na mídia. Não tenho o *status* desses senhores – sou apenas um brasileiro que bate a sua bolinha nos fins de semana – mas desejo fazer uma grave denúncia: um dos jogadores citados (oportunamente divulgarei o nome) simplesmente plagiou um gol feito por mim.

Provas? Basta comparar os *tapes* dos referidos gols. No meu caso, trata-se de um trabalho amador – foi feito por meu filho, de dez anos – mas mesmo assim é bastante nítido. Vê-se que, como eu, o referido jogador estava num campo de futebol. Nos dois casos, a partida estava sendo disputada por times de 11 jogadores cada um. Nos dois casos havia uma bola, havia goleiros. Nos dois casos havia um juiz. No meu caso, um juiz usando bermudões e chinelos – mas juiz, de qualquer maneira.

Isto, quanto aos aspectos gerais. Vamos agora aos detalhes. No vídeo do jogador inglês, mostrado no mundo inteiro, vê-se que ele pega a bola na grande área, domina-a, livra-se de um adversário e chuta no canto esquerdo, marcando, é forçoso admitir, um belo tento, um gol que faz jus aos direitos autorais. No meu vídeo – feito uma semana antes, é importante que se diga –, vê-se que eu pego a bola na grande área, que a domino, que livro-me de um adversário e que chuto forte no canto esquerdo, marcando um belo tento.

Conclusão: o jogador inglês me plagiou. Quero, portanto, metade do que ele receber a título de direitos autorais. Se não for atendido em minha reivindicação levarei a questão a juízo. Estou seguro de que ganharei. Além do vídeo, conto com uma testemunha: o meu filho. Ele viu o jogo do começo ao fim e pode depor a meu favor. É pena não ter mais testemunhas, mas, infelizmente, ele foi o único espectador desse jogo. E irá comigo demandar justiça contra o plágio."

A insuportável transparência das coisas

> **"Atriz vive em casa transparente no Chile."**
> *Mundo,* 27 jan. 2000

A paixão foi instantânea. Quando viu a jovem atriz pela primeira vez teve de imediato a certeza de que aquela era a mulher de sua vida, que nenhuma outra lhe interessava.

O problema era a sua timidez. Não conseguiu sequer aproximar-se dela, quanto mais falar-lhe. Decidiu, contudo, que a acompanharia, mesmo a distância, em fiel e silenciosa adoração. Descobriu onde morava e alugou um apartamento no edifício fronteiro.

Dali, e com binóculos, podia observá-la. Verdade que a jovem nunca descerrava a transparente cortina, mas isto só fazia lhe aumentar a emoção, a excitação; muitas vezes via-lhe, ela desnuda, a silhueta. Era tão belo aquele corpo que as lágrimas lhe vinham aos olhos.

Então aconteceu. A atriz foi contratada para um inusitado projeto de exploração artística e passou a viver numa casa de vidro construída no centro da cidade. Os transeuntes podiam observá-la saindo da cama, vestindo--se, indo ao banheiro. "A pelada", era como a chamavam, deliciados e assombrados com aquela nudez que nem sequer o manto diáfano da fantasia cobria.

Foi um choque para ele. Um choque terrível. Pensou até em suicídio, e chegou mesmo a comprar um revólver para se matar. Aos poucos, porém, a depressão foi dando lugar à raiva, à indignação. E ele decidiu vingar-se da ingrata que, desprezando seu amor, exibia--se despudorada a toda a população.

Passa o dia inteiro em frente à casa de vidro. Segura um cartaz que diz qualquer coisa como "Abaixo a imoralidade". E chama a atenção, claro. Não por causa do protesto – por causa da máscara que usa, uma dessas máscaras de ninja, que têm só dois buracos para os olhos. Ninguém consegue ver-lhe o rosto. E ninguém, ele jura, jamais lhe verá o rosto.

Amiga é para essas coisas

"Desempregado sequestra amiga."
Cotidiano, 23 mar. 2000

Você vai me desculpar, ele disse, mas vou ter de lhe sequestrar. Explicou que estava desempregado, precisando urgentemente de dinheiro, e aí decidira sequestrar alguém. Você é a única pessoa com grana que eu conheço, ponderou, com um sorriso triste, a única empresária.

– Além disso, é minha amiga.

Ela o ouviu em silêncio. Tudo bem, disse, amiga é para essas coisas.

Ele informou que já tinha escolhido um lugar para escondê-la, mas era longe. Será que ela não se importava de emprestar o carro para que fossem até lá? Claro que não me importo, ela respondeu, amiga é para essas coisas.

Foram até o lugar do sequestro, uma pequena casa na zona rural. Ele pediu desculpas pela falta de conforto; ela disse que estava tudo bem, que partilharia o lugar com ele, amiga é para essas coisas. Depois de uma hesitação, ele confessou que não sabia o que fazer: não tinha prática alguma em sequestros.

Eu acho que você deve pedir um resgate, disse ela. Um resgate, sim. Mas de quanto? Dez mil seria uma quantia razoável? Ela sugeriu que aumentasse para 15 mil. Você é muito generosa, ele disse, emocionado, está me ajudando mais do que eu mereço. Que é isso, disse ela, amiga é para essas coisas.

Os dias passaram. Enquanto aguardavam o resgate, um clima foi pintando. Ele sentiu que começava a se apaixonar pela amiga. O que o colocou diante de um dilema: levar adiante a paixão, desistindo do sequestro, ou pegar o dinheiro? Acabou decidindo pela última alternativa. Mesmo porque uma boa amiga é melhor do que qualquer namorada.

Seu raciocínio não funcionou. Rastreando as chamadas (feitas no celular que ela gentilmente havia emprestado – amiga é para essas coisas), a polícia chegou ao local e o prendeu.

Ela não hesitou: confirmou que havia sido sequestrada, não o defendeu. Ele já esperava por isso. Sabia que precisava do castigo e que ela colaboraria para esse castigo. Afinal, amiga é para essas coisas.

O casamento é virtual.
A vida é real

**"Casamenteiro virtual: programas em desenvolvim-
ento nos EUA analisam preferências do usuário e
encontram compatibilidades na rede."**

Informática, 3 mai. 2000

Ele era um solitário. Ela também. Ele trabalhava todo o dia e depois, sem programa, voltava para casa. Ela também: trabalhava todo o dia e depois, sem programa, voltava para casa. Ele ficava até a madrugada navegando na Internet.

Ela também: ficava até a madrugada navegando na Internet. Foi assim que ambos descobriram um programa de computador destinado a aproximar solitários. Tudo o que tinham a fazer era enviar seus dados: idade, sexo, preferência.

Foi o que fizeram e, não surpreendentemente, o programa indicou que as chances de felicidade, numa vida em comum, eram de 99%.

Encontraram-se, saíram algumas vezes e, uns meses depois, estavam vivendo juntos. E aí surgiu o problema.

Não era com a comida: ambos gostavam das mesmas coisas. E não era com a cama, onde funcionavam muito bem ("Para mim foi bom. E para você?" "Para mim também foi muito bom"). Não, o problema era justamente com os computadores.

Ele só gostava de IBM, detestava Toshiba. Ela, pelo contrário, era fã do Toshiba, odiava IBM. Ele usava um computador de mesa, grande, com todos os acessórios. Ela usava um *laptop* minúsculo porque, achava, era um desperdício ocupar tanto espaço. Ele queria usar um *cable modem*, ela continuava adepta da linha telefônica. Enfim: não concordavam em nada nessa área.

A área que correspondia ao 1% de dúvidas, segundo o programa que os aproximara. Uma percentagem aparentemente insignificante, mas que agora se revela de decisiva importância.

Continuam morando na mesma casa, mas em quartos separados. E de lá enviam-se tórridas mensagens de amor. O programa é o mesmo. Os computadores é que são diferentes.

Conversa com a cafeteira

> "O estudante de engenharia Marcos Castagno, de 22 anos, conseguiu enganar toda a Província de Córdoba, na Argentina, ao dizer que tinha inventado uma cafeteira que funcionava por um comando de voz."
>
> *Mundo*, 8 mai. 2000

No começo tudo foi muito fácil, inclusive porque o anúncio tinha fundamento científico; tanta coisa funciona sob o comando de voz, por que não poderia uma cafeteira fazê-lo? E a verdade é que esteve quase a ponto de consegui-lo: tinha montado todas as peças do invento segundo um esquema minuciosamente planejado e que forçosamente teria de funcionar. Mas não funcionou, e ele, que já tinha falado do invento para todos os amigos e parentes, se viu diante de um dilema: admitir o fracasso ou bolar uma história.

Preferiu bolar uma história: anunciou que tudo tinha dado certo e que a cafeteira funcionava perfeitamente sob o comando de sua voz:

– Eu ordeno: "Ferva!", e ela ferve o café. "Sirva-me!", serve-me. "Mais fraco!", e ela faz o café mais fraco. "Mais forte!", faz mais forte. "Mais doce!", ela automaticamente adiciona mais açúcar. E fala, também. Diz "Às suas ordens, senhor" e outras coisas.

Ninguém duvidava: todos ouviam maravilhados. E sucediam-se os convites para entrevistas em rádios, em jornais, na televisão. A imaginação dele voava cada vez mais alto: anunciou que tinha sido escolhido como o "estudante do século" pela Fundação Motorola e que recebera uma bolsa de estudos para o Japão.

Finalmente, tudo foi descoberto. Ainda tentou escapar ao vexame, contando que a máfia japonesa lhe havia roubado o segredo do invento, mas os jornalistas foram checar a história e verificaram que era mentira.

Desesperado, ele não quis mais sair à rua: temia a gozação generalizada. Sugeriram-lhe passar uns tempos numa clínica.

Ele foi. Quando entrou no pequeno aposento que lhe fora destinado, a primeira coisa que viu, sobre a mesa, foi a sua cafeteira. Alguém a tinha colocado ali, mas por quê? Antes que pudesse perguntar, ouviu uma voz:

– Bem-vindo. Eu estava à sua espera.

Era a cafeteira.

– Mas então você fala! – disse ele, espantado.

– Claro que falo – retrucou a cafeteira. – Você não me programou para isto? Vamos falar, sim. E falar muito. Precisamos trocar ideias.

Ele ainda pensou em sair correndo, gritando, ela fala, gente, a minha cafeteira fala. Mas conteve-se. Quem acreditaria nele agora? Sentou-se, pois, resignado. E preparou-se para uma longa conversa.

Apagando memórias

> "O que você já esqueceu e não esquece jamais? Falha na memória não escolhe idade."
>
> *Folha Equilíbrio*, 18 maio 2000

O casamento, para ela, era isso: quarenta e oito anos de opressão, de humilhações, de vexames. Um verdadeiro tirano, o marido dela, um homem autoritário que lhe dava ordens sem cessar e que a ridicularizava na frente de todo o mundo: minha mulher é um desastre, proclamava, não faz nada direito.

E ela? Ela calava. Jamais protestara. Até os filhos se indignavam com aquela passividade: você não pode se deixar dominar dessa maneira, diziam, você tem de fazer alguma coisa. Ela suspirava, resignada, não dizia nada.

Mas estava, sim, resolvida a se vingar. Sua vingança seria cruel e requintada, uma vingança capaz de indenizá-la por uma vida de sofrimentos. Só faltava descobrir a maneira de fazê-lo.

A ideia lhe ocorreu quando, uma manhã, o marido perguntou se ela não vira seu cachimbo. Entre parênteses, gostava muito disso, de fumar cachimbo. Verdade que a ela o cheiro deixava tonta; mas ele pouco estava ligando. Entre a mulher e o cachimbo prefiro o cachimbo, costumava dizer, entre gargalhadas. Mas então ele tinha esquecido onde deixara o cachimbo – sinal de que a memória lhe falhava. E ela resolveu tirar proveito disso. Para quê? Para enlouquecer o marido. Exatamente: enlouquecê-lo. Era o mínimo a que podia almejar.

E aí começou o jogo. Onde está o cachimbo, perguntava ele. Ali onde você o colocou, dizia ela, em cima do televisor.

Ele ficava perplexo: eu coloquei o cachimbo em cima do televisor? E por que teria feito isso, se ali não é lugar de cachimbo? Quanto mais perturbado ele ficava, mais ela se entusiasmava. Era como uma gata brincando com um camundongo, um camundongo triste e desamparado. Você não viu o meu cachimbo? Está ali na prateleira, onde você o deixou. Eu? Eu deixei o cachimbo na prateleira? A coisa ia num crescendo, a angústia dele aumentando sempre. Ela já tinha o final planejado: um dia o cachimbo sumiria para sempre. E quando ele perguntasse ela responderia: você o jogou fora. O que seria um golpe... mortal? Mortal.

Só que ele morreu antes disso. Um ataque do coração, provavelmente. Ela chorou muito: em parte porque tinha pena dele, em parte porque não pudera consumar sua vingança. Mas aí teve uma ideia: colocar o cachimbo no caixão. Para atormentá-lo pela eternidade afora. Procurou o cachimbo, mas não o achou. Simplesmente não conseguia lembrar onde o colocara. Ali, em alguma parte da casa, estava o maldito objeto. Só que ela não o encontrava. E isto significava que jamais teria paz. Que aquela lembrança a torturaria até a morte.

A viajante solitária

> "Mulheres descobrem o prazer de viajar sós: ao embarcar sem companhia, passageiras ficam abertas a novas amizades e têm mais liberdade."
>
> *Turismo*, 29 mai. 2000

Finalmente ela resolveu realizar o seu antigo e secreto sonho. E decidiu realizá-lo num momento que lhe pareceu particularmente oportuno: os dois filhos já crescidos, o casamento não ia muito bem. Era hora, portanto, de dar um tempo. Era hora de fazer a viagem que planejava desde a adolescência e que sempre adiara.

Para sua surpresa, o marido não protestou, nem sequer manifestou estranheza. Só quis saber aonde ela ia. Deu de ombros: para algum lugarzinho no interior, disse, um lugar sem telefone, sem nada, um lugar onde pudesse pensar, fazer um balanço de sua vida.

Mentira. O plano era outro. O plano era ir a Paris – e lá viver, com algum desconhecido, uma grande aventura amorosa. Já tinha tudo preparado: o passaporte, obtido sem o conhecimento do marido, a passagem e os francos, comprados com suas economias. E também a peruca e os óculos escuros com os quais se disfarçaria.

Paris revelou-se exatamente o que ela esperava, a cidade com que sonhara desde a infância. Hospedou-se num hotelzinho barato, no Quartier Latin, e, guia turístico na mão, saiu a percorrer a cidade. Queria visitar a Torre Eiffel, naturalmente, e o Jardim das Tuilleries, mas queria, sobretudo, encontrar o incógnito e encantador personagem que lhe excitava a imaginação.

O que não acontecia. Era uma mulher ainda atraente e, mais, falava bem o francês. Mas isto, pelo jeito, não ajudava muito. Tratavam-na cortesmente os homens, mas era só cortesia e nada mais. A ansiedade dela crescia à medida que se aproximava o dia da volta. Na penúltima noite, resolveu arriscar todas as suas fichas. Procuraria um restaurante romântico, jantaria ao som de "La Vie en Rose", beberia um bom vinho. E ficaria ali até que o Príncipe Encantado viesse a seu encontro.

Foi ao restaurante, o *maître* indicou-lhe uma mesa. Ela não chegou a sentar. Porque, ainda do vestíbulo, avistou-os. O marido e uma bela moça, loira, usando óculos escuros. Pareciam muito apaixonados, o que não era de admirar naquele romântico ambiente, com um pianista tocando "La Vie en Rose".

Voltou ao Brasil. E agora só tem um objetivo: encontrar algum lugarzinho no interior, um lugar sem telefone, sem nada, um lugar onde possa pensar, fazer um balanço de sua vida.

A vingança das gravatas

"Executivos britânicos deixam o terno e a gravata no armário: grandes empresas aderem ao visual casual."

Mundo, 5 jun. 2000

São 44 gravatas encerradas no armário. Estão ali há muito tempo; tanto tempo que pequenas manchas de mofo começam a surgir nas mais antigas. Ninguém limpa essas gravatas. Ninguém cuida delas. Foram, de há muito, esquecidas pelo dono, executivo de uma próspera empresa de informática. Ele agora se veste de maneira casual.

Reina silêncio no armário. Um silêncio carregado, um silêncio rancoroso. Porque ressentem-se, as gravatas. Ressentem-se ao abandono a que foram relegadas e que é para elas incompreensível. Onde estão as alegres recepções em salões profusamente iluminados, onde uísque e caviar jamais faltavam? Onde estão os jantares em elegantes restaurantes? Sobretudo, onde estão as reuniões em que o destino de muito dinheiro era decidido? Não há dúvida, o executivo continua frequentando tais lugares.

Só que agora vai de colarinho aberto. A moda, sempre caprichosa, declarou guerra às gravatas. Que não entendem a razão dessa hostilidade, para elas irracional. Quem fechará com elegância as camisas, perguntam-se ansiosas, quem separará as classes sociais? Sobretudo, quem servirá como visível objeto fálico? O *mouse* do computador?

Como só acontece nessas ocasiões, o ressentimento exige culpados. As gravatas acusam-se umas às outras. As alegrinhas, aquelas decoradas com o Mickey Mouse, colocam a culpa do exílio nas convencionais listradas. Vocês são um atraso de vida, vocês recendem a nostalgia, não admira que o nosso dono se sinta enfadado. As listradas contestam, não sem certa razão, que sempre foram fiéis ao executivo, e que o acompanharam inclusive em momentos de prêmio, no começo de sua carreira. Vocês é que não são sérias, retrucam.

De nada adianta, contudo, discutirem. Serão obrigadas, sabe-se lá por quanto tempo, a essa convivência forçada, umas ao lado das outras, umas colocadas sobre as outras, como prisioneiros contidos num cárcere. O que só faz aumentar seu mal-estar, sua angústia, que pode ser caracterizada como uma verdadeira angústia existencial.

Mas um mesmo pensamento une-as, contudo. É um pensamento de vingança. Um dia o executivo, agora em plena ascensão, será alijado do posto por um rival esperto o suficiente para perceber que a moda das gravatas terá voltado. Nesse dia, expulso de seu luxuoso escritório, o homem voltará para casa, desesperado. Abrirá o armário, verá as gravatas e pensará obviamente em se enforcar. Pegará uma gravata ao acaso...

Fracassará no seu intento. Qualquer que seja a gravata, ela – o tecido ressecado, enfraquecido – se romperá. E ele rolará no chão da ignomínia. Usando – suprema ironia! – uma gravata.

A prova do amor

> **"Amor é detectável por meio de tomografia, dizem pesquisadores britânicos."**
> *Ciência,* 6 jul. 2000

Quando é que nós vamos casar, perguntava ela, impaciente – e não sem alguma razão: estavam juntos havia cinco anos, e o namorado não se decidia. E não se decidia, segundo alegava, por uma boa razão: não sabia ao certo se a amava. Na verdade, não sabia exatamente o que era amor. Sim, com ela era bom na cama e tudo o mais – mas seria amor mesmo aquilo? Como se comprova objetivamente o amor?

A moça não estava disposta a continuar essa discussão, para ela bizantina. Deu-lhe um ultimato: que resolvesse de uma vez se a amava ou não. O que o deixou consternado. Pensou até em procurar um terapeuta, mas sabia que esse tipo de tratamento não é eficaz a curto prazo. Foi então que leu no jornal a notícia sobre o trabalho dos pesquisadores ingleses. Sim, ali estava a solução para seu problema.

Por meio de um amigo médico, fez contato com os cientistas, oferecendo-se como cobaia. Para sua alegria, eles o aceitaram. E assim, sem nada dizer à namorada, ele tomou o avião e foi para Londres.

O teste foi muito simples. Pediram-lhe que olhasse durante alguns minutos a foto da namorada, que trouxera consigo. Depois disto, fariam uma tomografia para avaliar a atividade cerebral em uma certa área que eles, espirituosamente, denominavam "área do amor". Pediram só algum tempo para discutirem os achados: não queriam cometer erros.

No dia seguinte lá estava ele, ansioso. O cientista que o recebera veio a seu encontro, sorridente: nunca tinham visto tanta atividade na área do amor. O seu cérebro, concluiu, é o retrato da paixão.

Agora seguro quanto a seus sentimentos, ele voltou para o Brasil. Na semana seguinte, casou.

De maneira geral, pode-se dizer que é feliz. Mas às vezes briga com a mulher, às vezes fica com o saco cheio do casamento. E é então que uma dúvida lhe ocorre, uma dúvida cruel para a qual ele não tem resposta, ou não quer encontrar resposta: e se tivessem trocado a tomografia?

Duas escovas de dente, um copo

> "Divida a casa sem multiplicar problemas.
> Morar juntos traz vantagens óbvias...
> mas implica também repartir o banheiro."
> *Folha Equilíbrio, 27 jul. 2000*

No começo, era só amizade: colegas de faculdade resolveram repartir o aluguel de um pequeno apartamento. Aparentemente nada tinha a ver com sexo, mas já na segunda noite ele se introduziu na cama dela e a partir daí nasceu uma paixão furiosa, uma paixão que ela, como disse às amigas, jamais tinha experimentado. Escusado dizer que estavam muito felizes, os dois, e que se congratulavam pela ideia que tinham tido, de partilhar a moradia.

Os meses passaram e, como sempre acontece, a rotina foi substituindo a paixão. Não que fosse uma rotina desagradável, pelo contrário: ambos gostavam das mesmas coisas, dos mesmos livros, dos mesmos CDs, da mesma comida. Descobriam que a calma convivência pode ser tão gratificante quanto o sexo. E ele se declarava muito feliz.

Ela também... Ela também. Mas na verdade, não se sentia inteiramente feliz. Por causa de um detalhe: o banheiro.

Havia um único banheiro. Minúsculo, com um armário igualmente minúsculo. Nesse armário, guardavam o mínimo de coisas possível: pente, escova para cabelo, desodorante, alguns frascos de remédio. Ah, sim, e o copo com as duas escovas de dentes.

Esse copo incomodava-a. Muito. Aliás, não exatamente o copo: as escovas. E não exatamente as escovas: a escova. A dele.

Era uma escova grande (o que se justificava: ele tinha belos, mas enormes dentes), com um cabo retorcido, e, o que era pior, uma cor horrível, um amarelo gema de ovo, cuja visão a deixava doente. A escova dela, ao contrário, era pequena, delicada, de um azul muito pálido. Ou seja: a escova amarela dominava aquele espaço. A escova amarela afirmava, de forma gritante, a sua superioridade. E aquilo ela não podia suportar.

Várias vezes pediu-lhe que trocasse de escova. No começo, ele levou na brincadeira, não deu bola. Quando ela insistiu, respondeu de maus modos. Pela primeira vez, brigaram, ela chorou.

A briga repetiu-se: acabaram por se separar. E, separados, ela descobriu o quanto o amava. Telefonou-lhe, implorou por uma reconciliação. Inútil: ele já tinha outra namorada.

Ela mora sozinha. No minúsculo armário de seu minúsculo banheiro há um copo com duas escovas. Uma é a dela: pequena, delicada. A outra, que comprou depois de muito pesquisar, é uma escova amarela, de cabo retorcido, enorme, horrível. Cada vez que ela olha essa escova, deixa escapar um suspiro. E lembra que um dia foi feliz.

O mistério do cemitério virtual

"A criação de cemitérios virtuais foi mais uma moda que pegou na Internet. A rede tem cemitérios virtuais para todos os gostos e religiões. A sepultura virtual pode ser decorada com motivos de cenas da natureza."

Informática, 16 ago. 2000

Não quero que fique qualquer traço de minha passagem por este mundo, repetiu ele várias vezes durante a penosa doença que veio, afinal, a matá-lo. Compreensível amargura: afinal, morria jovem, numa idade em que outros estão apenas começando a viver.

Ela respeitou a vontade do marido. Mandou cremar o corpo e espalhou as cinzas num lago. Mas as saudades eram muitas e, quando ouviu falar do cemitério virtual, resolveu criar ali um túmulo que lhe lembrasse do falecido. Afinal, pensou, não se tratava de uma coisa real, material; era apenas uma extensão de sua imaginação, que sumia tão logo fosse o computador desligado.

O túmulo foi desenhado com a ajuda de um amigo, artista plástico, e ficou bonito. Tinha uma bela lápide, com poético epitáfio, e estava decorado com desenhos rústicos, bem de como ele gostava. Ela pagava ao *site* uma pequena quantia e poderia acessar a imagem quando bem desejasse. Fazia-o todos os dias; tornou-se para ela uma espécie de confortador ritual.

Um dia, a surpresa: alguém tinha colocado, junto ao túmulo, um buquê de grandes rosas vermelhas. O que a deixou intrigada, suspeitosa mesmo. Afinal, ele não tinha parentes nem amigos. Quem teria feito aquela intrusiva homenagem?

As flores apareceram várias vezes, o que a deixava cada vez mais desgostosa. Irritava-a, sobretudo, o anonimato da pessoa. Até que um dia apareceu a carta. Sinto muita falta de você, dizia a missiva, minha vida já não é a mesma depois que você se foi. E a assinatura: Lili. Seguramente um apelido ou pseudônimo.

Ela caiu em intensa depressão. Não tinha dúvida de que a tal Lili era uma amante secreta. Mesmo que não fosse, mesmo que se tratasse apenas de uma amiga, o simples fato de ele nunca se ter referido a ela já era uma traição, algo inadmissível: entre os dois, a franqueza sempre fora a regra.

Sofreu durante dias a fio. Por fim, ultrajada, tomou uma decisão: depois de consultar, por telefone, a administração do *site*, resolveu deletar o túmulo.

A visão panorâmica do cemitério virtual mostra agora, naquele mesmo lugar, um retângulo vazio. Isto é: quase sempre vazio. Porque, volta e meia, surge naquele lugar um buquê de grandes rosas vermelhas. Cartas não mais aparecem, mas não são necessárias: enquanto as flores ali estiverem, ela jamais terá repouso.

O Outro

> **"Atentos ao visual, candidatos usam roupas para disfarçar características durante programa eleitoral, como altura, peso e calvície."**
>
> *Eleições*, 21 ago. 2000

Ele queria muito ser eleito. Não: ele precisava muito ser eleito. Estava atrás de um emprego que lhe desse um bom salário, mordomias e verbas para gastar na contratação de assessores – além, claro, das múltiplas oportunidades que, como vereador, teria.

O problema era arrumar votos. Não tinha amigos, não era conhecido, nem sequer recebera um apelido pitoresco que pudesse usar na propaganda. Mas o pior não era isso. O pior é que combinava um visual péssimo – baixinho, gordinho, careca – com uma congênita inabilidade para falar em público. Em desespero, resolveu procurar um marqueteiro. Estava disposto a gastar uma boa grana nisso, desde que pudesse adquirir uma nova imagem, uma imagem capaz de garantir a eleição.

O marqueteiro, famoso, exigiu honorários salgados, mas garantiu resultados. Que, de fato, não se fizeram esperar. Em poucas semanas o candidato era outro. Mais magro, mais alto (saltos especiais) com uma bela peruca, parecia agora um galã de novela. Além disso, transformara-se num fantástico orador, um orador capaz de galvanizar o público com uma única frase.

Se foi eleito? Foi eleito com uma avalanche de votos. O que representou um duplo alívio: de um lado, conquistava o cargo tão sonhado. De outro, podia deixar de lado a peruca, os sapatos com saltos especiais e a dieta. E também podia falar normalmente, no tom meio fanhoso que o caracterizava.

E aí começaram as surpresas desagradáveis. Quando foi tomar posse, ninguém o reconheceu. Mas como? Então era aquele o tipo charmoso, magnético, da tevê e dos cartazes? Era ele sim, como o comprovou, mostrando a identidade.

Não foi a única contrariedade. Logo descobriu que, como vereador, era péssimo: não sabia falar, não convencia ninguém, sequer era procurado por lobistas. Bom mesmo, concluiu com amargura, era o Outro, aquele que o marqueteiro tinha inventado. Aquele sim, podia fazer uma grande carreira, chegando quem sabe à Presidência.

Mas onde estava o Outro? Só uma pessoa poderia ajudá-lo nessa busca, o marqueteiro. Só que o marqueteiro tinha sumido. Com o dinheiro ganho nas eleições resolvera passar dois anos em alguma praia do Caribe.

Todas as noites o vereador sonha com o Outro. Vê-o na Câmara, discursando, empolgando multidões. Mas não sabe o que fazer para encontrá-lo. Sabe, sim, o que dirá se isso um dia acontecer. E o que dirá, numa voz fanhosa e emocionada, será: o senhor pode contar com meu voto – para sempre.

A mensagem desejada

> **"Evite *e-mails* indesejados."**
> *Informática*, 30 ago. 2000

Brigaram muitas vezes e muitas vezes se reconciliaram, mas depois de uma discussão particularmente azeda, ele decidiu: o rompimento agora seria definitivo. Um anúncio que a deixou desesperada: vamos tentar mais uma vez, só uma vez, implorou, em prantos. Ele, porém, se mostrou irredutível: entre eles estava tudo acabado.

Se pensava que tal declaração encerrava o assunto, estava enganado. Ela voltou à carga. E o fez, naturalmente, através do *e-mail*. Naturalmente, porque através do *e-mail* se tinham conhecido, através do *e-mail* tinham namorado. Ela agora confiava no poder do correio eletrônico para demovê-lo de seus propósitos. Assim, quando ele viu, estava com a caixa de entrada entupida de ardentes mensagens de amor.

O que o deixou furioso. Consultando um amigo, contudo, logo descobriu que havia solução para o problema: era possível, sim, bloquear as mensagens de remetentes incômodos. Com uns poucos cliques resolveu o assunto.

Naquela mesma noite o telefone tocou e era ela. Nem se dignou a ouvi-la: desligou imediatamente. Ela ainda repetiu a manobra umas três ou quatro vezes. Depois, também o telefone silenciou, mas aí ela optou por usar o *pager* dele. Tórridos recados apareciam ali, evocando as passadas noites de paixão e prometendo repeti-las. Ele simplesmente enfiou o *pager* numa caixa, junto com vários outros objetos sem uso. Posso muito bem passar sem essa droga, resmungou.

Esgotada a fase eletrônica, começaram as cartas. Três ou quatro por dia, em grossos envelopes. Que ele nem abria. Esperava juntar vinte, trinta missivas, colocava tudo em um envelope e mandava de volta para ela. Funcionou: agora o carteiro trazia apenas contas e propagandas, como sempre.

Mas se pensou que ela tinha desistido, estava enganado. Uma manhã acordou com batidinhas na janela do apartamento. Era um pombo, um grande pombo branco. Surpreendeu-se: o que estava querendo aquela estranha ave? Tão logo aproximou-se da janela, descobriu: era um pombo-correio, trazendo numa das patas uma mensagem.

Não teve dúvidas: agarrou-o, aparou-lhe as asas. Pombo, sim. Correio, não mais.

E pronto, não havia mais opções para a coitada. Aparentemente chegara o momento de gozar seu triunfo; mas então, e para seu espanto, notou que sentia falta dela, de seus carinhos, de seus beijos. Mandou-lhe um *e-mail*, e depois outro, e outro: ela não respondeu. E não atendia ao telefone. E devolveu as cartas dele.

Agora ele passa os dias na janela, contemplando a distância o bairro onde ela mora. Espera que dali venha algum tipo de mensagem. Sinais de fumaça, talvez.

O dilema da porta giratória

> "Cliente de banco se queixa de porta giratória: ele diz que foi impedido de entrar na agência porque se negou a tirar uma jaqueta que tinha fivelas de metal."
>
> *Cotidiano*, 11 set. 2000

Poucos dias depois do incidente com o homem da jaqueta, uma mulher, ainda jovem, tentou entrar numa agência bancária e também ficou presa na porta. Em princípio, os seguranças tiveram dificuldade em identificar que tipo de objeto havia sido detectado pelo equipamento eletrônico, mas a própria moça encarregou-se de avisá-los:

– É isto aqui.

Tratava-se de um grande broche de metal que ela tinha preso ao casaco.

– Pois então tire – disse o segurança.

Para sua surpresa, a resposta foi uma irritada negativa:

– Não tiro coisa nenhuma. E soltem de uma vez esta porta que eu quero entrar.

O gerente foi chamado. A ele a moça explicou, num tom muito mais cortês, que a joia, na realidade uma bijuteria barata, era a última lembrança que tinha de sua falecida mãe:

– Ela pediu que eu a levasse sempre comigo. Tirar este broche, agora, seria uma afronta à sua memória.

Atrapalhado, o gerente não sabia o que fazer. Poderia, claro, endurecer; mas... e se a moça armasse um escândalo? Se a coisa terminasse na TV, nos jornais? Decidiu consultar seus superiores. Enquanto isso, a moça teria de aguardar ali, presa na porta.

– Não me importo – disse ela –, desde que eu possa cumprir o último pedido de minha querida mãe, nada é problema para mim.

O gerente telefonou para seu superior imediato, que também ficou perplexo com o dilema: nunca se vira diante de uma situação tão inusitada. Teve, pois, de ligar para a direção geral do banco. Uma reunião de emergência foi convocada, contando inclusive com a presença de assessores de imprensa. Enquanto isso, a situação na agência era caótica; as pessoas presas lá dentro tinham sido retiradas por uma porta lateral, mas a fila à frente era enorme. Ao telefone, o gerente implorava por uma solução.

Que finalmente veio: a cliente poderia entrar, com broche e tudo.

Uma vez lá dentro, o assalto foi rápido. Sacando um pequeno revólver da bolsa, ela mandou todo mundo deitar no chão, a rotina de sempre. Coletou o dinheiro dos caixas e saiu sem problema. Na pressa, o broche desprendeu-se do casaco e caiu no chão, mas ela não se deu ao trabalho de apanhá-lo. O gerente disse depois que nunca tinha visto tamanha falta de consideração com o último desejo de uma mãe moribunda.

A voz do corpo

> **"Você ouve o que seu corpo fala?"**
> *Folha Equilíbrio,* 12 out. 2000 (anúncio)

Ele não saberia dizer exatamente quando isso aconteceu, mas lá pelas tantas começou a ouvir a voz de seu corpo. Ou, melhor dizendo, as vozes: eram várias. Mas tinham um característico comum: sempre reclamavam. "Você está acabando conosco", protestavam os pés quando ele tinha de assistir a alguma cerimônia sem poder sentar. "Você está me castigando com essa comida", gemia o estômago, cada vez que ele comparecia a um jantar da empresa. Ele escutava, apreensivo, tais protestos, rezando para que não fossem audíveis, para que ficassem só entre ele e o corpo, inesperadamente transformado em adversário.

Por algum tempo optou por ignorar as reivindicações. Mas, então, ocorreu o incidente que mudou sua existência. Ele estava numa reunião importante, com dois diretores da companhia em que trabalhava, quando, de repente, ouviu uma voz surda, cavernosa, vinda das profundezas do ventre:

– Quero ir ao banheiro.

Era o intestino, claro. E o pedido tinha fundamento: saíra apressado, sem tempo de fazer as necessidades. Agora vinha a cobrança.

Mas não podia ir ao banheiro, não naquele momento. De modo que sussurrou:

– Agora não dá. Esta reunião é muito importante.

– Você disse alguma coisa? – perguntou um dos diretores, franzindo o cenho. Ele desconversou: não, não dissera nada, resmungara algo para si próprio. O homem, ainda desconfiado, voltou à longa agenda da reunião, mas aí ele ouviu de novo a voz, insistente:

– Vamos ao banheiro, ou faço aqui mesmo, e você vai morrer de vergonha.

Era uma ameaça terrorista, obviamente, mas ele sabia que era para valer. Levantou-se e, pedindo desculpas, disse que tinha de ir ao banheiro.

– O momento não é oportuno – disse o outro diretor, num tom ácido, ominoso, um tom que continha uma clara advertência: se você sair desta sala, seu emprego pode ir para o espaço.

Mas agora ele já não aguentava mais. Saiu correndo, embarafustou pelo banheiro. E ficou lá muito tempo: o intestino, numa espécie de brincadeira perversa, resolvera funcionar lentamente.

Mas foi sua sorte. Porque, enquanto ele estava sentado no vaso, quatro sequestradores entraram na sede da empresa e levaram os dois diretores. Que ainda estão em lugar incerto e não sabido.

Com o que ele resolveu mudar de vida. Pediu demissão do emprego, mora num sítio, onde passa a maior parte do tempo de papo para o ar. Só que o dinheiro economizado está para terminar, e a mulher (de quem está separado) quer saber o que pretende fazer no futuro. Ele não diz nada. Aguarda pela voz do corpo. Que, no entanto, nunca mais se fez ouvir.

O Grande *Recall*

> **"Mortes levaram GM a programar *recall*."**
> *Dinheiro*, 17 out. 2000
> **"Firestone anuncia *recall* adicional."**
> *Dinheiro*, 17 out. 2000

Depois do *recall* de automóveis e pneus, outros certamente virão: *recall* de eletrodomésticos com defeitos vários, *recall* de equipamento eletrônico que não funciona, *recall* de medicamentos, de produtos alimentícios. Mas ainda está por vir aquilo que já está sendo chamado, nos círculos mais bem informados, e à boca pequena, de O Grande *Recall*.

O Grande *Recall* será uma operação jamais vista na história da humanidade. Em primeiro lugar, por sua origem. Virá de cima. "De cima" não quer dizer Brasília, ou Washington, ou o FMI. De cima é de cima mesmo. Do céu. O Grande *Recall* será uma iniciativa de ninguém menos que o Todo-Poderoso. E isto significa que sua abrangência será sem precedentes. O *recall* não se restringirá a automóveis ou pneus. O *recall* abrangerá a humanidade.

O Altíssimo tem boas razões para isto. A humanidade não tem se portado como devia, o que muitos reconhecem: as falhas nos produtos seriam apenas um detalhe de uma falência espiritual maior. Os Dez Mandamentos, por exemplo, não são cumpridos. "Não matarás": há violência por toda a parte. "Não furtarás": os ladrões do dinheiro público estão soltos. Alguns dizem que isto resulta de um problema de comunicação. As Tábuas da Lei, dadas por Deus a Moisés, não são muito práticas, não permitem um pronto processo de reprodução (nem mesmo cópias piratas). Se os preceitos divinos fossem disseminados pela Internet, seria mais fácil.

O Senhor, porém, não está disposto a discutir esses pontos. Portanto, o Grande *Recall* (ou o Juízo Final, para usar expressão similar) virá, e abarcará todo o gênero humano. Depois disso, começará tudo de novo. Mediante certas precauções: o barro de que foi feito o primeiro homem passará por rigoroso teste de qualidade.

Não chega a ser uma má notícia. Alguns até esperam que os seres humanos já nasçam equipados com cinto de segurança. E que recebam, como presente de nascimento, pneus sobressalentes devidamente testados.

Último desejo

> "A igreja de Saboeiro (CE) empresta caixões para famílias que não têm condições para pagar pelo enterro. Os familiares podem velar os mortos no 'caixão das almas', como é conhecido, e depois o corpo é enterrado diretamente na terra. O caixão acaba sendo reutilizado por vários mortos."
>
> *Cotidiano, 2 nov. 2000*

O pessoal encarregado da entrega se precipitou um pouco, e o caixão chegou ao casebre de Pedro Giló enquanto este ainda estava vivo. Deitado no catre, o moribundo abriu um olho e, de imediato, se maravilhou: nunca tinha visto um caixão tão bonito, tão cheio de adornos. A família também ficou contente: graças à generosidade do fazendeiro Tenório, que anos atrás doara aquele caixão, teriam um velório de ricos.

Mas isso não era suficiente para Pedro Giló. Convocando os familiares para junto do leito, anunciou que tinha um pedido a fazer, em verdade o seu derradeiro pedido:

– Quero ser enterrado nesse caixão.

O que gerou consternação. O filho mais velho disse que era impossível. A regra era clara: caixão, só para o velório; depois teria de ser devolvido. Mas Pedro Giló manteve-se irredutível. Pobre, sem terra ou bens, levara uma vida sacrificada. Ao menos na morte queria passar bem. E passar bem, para ele, significava ser sepultado naquele caixão, não numa cova rasa. A mulher ainda tentou argumentar que aquilo não era importante, que ele, de qualquer modo, iria para o céu.

– Pode ser – foi a resposta. – Mas quero chegar lá nesse caixão.

A discussão se prolongou por horas. Pedro Giló encerrou-a com uma declaração peremptória:

– Ou vocês me enterram nesse caixão, ou eu não morro.

E não morreu mesmo. Sustentado talvez pela teimosia, ele continua vivo, ainda que na condição de moribundo. Todos os dias pergunta se a família mudou de ideia. Todos os dias respondem-lhe que não é possível atender a seu pedido. E ele vai vivendo. Por quanto tempo não se sabe.

O caixão é que talvez não dure. Apesar da aparência vistosa, era feito de madeira ordinária, carunchada. Indiferentes ao conflito, os bichinhos prosseguiram em sua tarefa – a natureza é implacável – e já destruíram boa parte da urna funerária. De modo que a questão se impõe: quem aguentará mais tempo, o caixão ou Pedro Giló? Os familiares, naturalmente, torcem por este último. Mas, secretamente, lastimam pelo belo velório que perderão.

Sonhando o sonho impossível

> **"Falta de dinheiro abala sono da população."**
> *Cotidiano*, 16 nov. 2000

Como muitas pessoas, ele dormia mal. Pelas razões habituais: contas a pagar, despesas sempre crescentes, falta de dinheiro. E, como muitas pessoas, tentava de tudo, desde chás medicinais até a contagem de carneirinhos (a qual chegava facilmente à casa das dezenas de milhares). Nada funcionava e ele se sentia cada vez mais frustrado e deprimido. Até que leu um anúncio de uma clínica especializada, chamada "Sonos & Sonhos". Você nunca mais saberá o que é insônia, prometia o texto.

Foi até lá. E, de imediato, um choque: tratava-se de uma casa, para dizer a verdade, de uma mansão que pertencera a um tio seu, um milionário solteirão. Por algum tempo, aliás, alimentara a esperança de resolver seus problemas financeiros com a herança que o tio supostamente lhe deixaria. Mas o homem morreu e a ajuda nunca se materializou. Pelo jeito, a casa havia sido vendida, ou alugada, para a clínica.

Essa melancólica recordação, contudo, não o faria desistir. Entrou, dirigiu-se à recepcionista, que o encaminhou para uma sala, onde teria uma entrevista prévia. Ali foi atendido por uma psicóloga, uma moça alta e bonita. Contou que não dormia há muito tempo, que estava desesperado com isso e que queria saber se o seu problema teria solução.

– Mas claro que tem solução, respondeu ela, sorrindo. – Nosso método é infalível. Não apenas lhe restituiremos o sono como também a capacidade de sonhar. E, mais importante: sonhar criativamente. Em sonhos, o senhor poderá acessar capacidades insuspeitadas, que lhe darão novas capacidades e habilidades. Um de nossos clientes, por exemplo, ficou rico com um aparelho capaz de extrair caroços de frutas que inventou enquanto dormia aqui, em nossa clínica.

Ele ficou maravilhado e perguntou quando poderia começar o tratamento.

– Já, disse ela. Mediante o pagamento adiantado de R$ 20 mil.

Vinte mil reais: por aquilo, ele não esperava. Explicou que não tinha dinheiro, mas que, assim que se tornasse milionário graças a um sonho criativo, pagaria a quantia, com juros até. A moça, porém, mostrou-se inflexível: sem dinheiro, não haveria tratamento. E pediu que ele se retirasse.

Ele foi. Mas não saiu da clínica. Sentou-se na sala de espera, vazia, e ali ficou. Os olhos se lhe fecharam, o sono tomou conta dele. Já estava sonhando com o argumento legal que lhe permitiria reclamar na Justiça o espólio do tio quando alguém o sacudiu: era o segurança, informando que ali ele não poderia ficar, muito menos dormindo.

Ignominiosamente expulso, ele se foi. Talvez em busca do sonho impossível.

O último trabalhador

> **"Trabalhador produz mais e ganha menos."**
> *Dinheiro*, 22 out. 2000

A regra básica era: produzir cada vez mais a um custo cada vez menor. Custo cada vez menor significaria, para fins práticos, realistas, um número decrescente de trabalhadores ganhando um salário sempre decrescente. Mas como chegar lá? Como alcançar uma situação até então apenas descrita em utopias do tipo "Admirável Mundo Novo"?

Problema complexo, finalmente resolvido com a descoberta do supertrabalhador.

Que era, na aparência, um homenzinho comum, franzino. Diante de máquinas e aparelhos, contudo, transformava-se. Possuído de energia extraordinária e com uma habilidade assombrosa, ele operava sozinho uma vasta parafernália. Foi assim que a TV o mostrou ao público: fazendo funcionar, sozinho, uma grande fábrica, toda automatizada.

A essa fábrica, outras, similares, foram conectadas. Nenhum problema para o supertrabalhador: ele dava conta de tudo. Não apenas produzia, comercializava também, via Internet, fazia toda a contabilidade, depositava o dinheiro... Como disse um embasbacado empresário: se há alguém que se possa considerar pau para toda obra, é esse homem. Era de vê-lo correndo de um lado para outro, ora operando os controles de uma supermáquina, ora trabalhando no teclado de um supercomputador. E coisa interessante: ganhava cada vez menos.

Nem poderia ser de outra maneira. Em primeiro lugar, só havia um emprego, um único emprego, de supertrabalhador. Se ele fosse despedido, simplesmente não teria onde aplicar seus conhecimentos, o que simplesmente neutralizava sua capacidade reivindicatória. Por outro lado, atrelado como estava ao gigantesco esquema de produção, nem tinha tempo para gastar o pouco que ganhava e que, para alguém solteiro e sem vícios, parecia mais do que suficiente. De modo que um dia o colegiado empresarial que o empregava decidiu: não receberia mais salário algum. Comida, sim; casa, sim; roupa lavada, sim; assistência médica, sim; alguma diversão, sim; salário, não. Com o que se chegava à situação ideal: produtividade infinita com salário zero.

Alguns jornalistas têm tentado ouvir o supertrabalhador a respeito dessa situação. Alegando falta de tempo, ele recusa-se a dar declarações. Aliás, de modo geral, recusa-se a falar, ainda que às vezes monologue coisas que, ao supervisor, parecem sem sentido. "Trabalhadores de todo o mundo, uni-vos" é o que ele diz, mas para quem está falando? E o que está dizendo?

Isso, ao fim e ao cabo, não tem importância alguma. No passado, alguns trabalhavam cantando, outros, assobiando. O supertrabalhador monologa. Não há mal nenhum nisso, diz o supervisor, mas apressa-se a acrescentar:

– Desde que, claro, a produção não seja prejudicada.

Uma história de Natal

> **"Mistério político em Belém: três reis se reúnem na cidade."**
> *A Voz de Belém de Nazaré*, data imprecisa.

A Voz de Belém de Nazaré foi um dos primeiros jornais na história da humanidade; se ainda estivesse em circulação, estaria completando 2.000 anos. Mas a verdade é que não durou mais que alguns números.

O jornal não era impresso; a tecnologia para isso não havia sido inventada. Os cem exemplares que constituíam a tiragem eram copiados à mão, em pergaminho, por uma numerosa equipe de escribas. Os leitores eram poucos, mas selecionados: o rei Herodes, por exemplo, estava entre os assinantes, bem como autoridades romanas.

O proprietário, que era também o editor e o único repórter, esforçava-se por obter o que hoje seria denominado de furos de reportagem. Não era muito fácil. Belém de Nazaré era uma cidade pequena e nada tinha a ver com o poder. O homem sonhava com um grande acontecimento, que lhe permitisse colocar uma manchete em letras garrafais. "É o fim do Império Romano", seria uma interessante, mas ainda pouco provável. De modo que pressionava continuamente seus informantes a caçarem novidades.

Certa manhã, um deles veio procurá-lo com uma notícia verdadeiramente sensacional: três reis tinham aparecido em Belém, soberanos vindos de locais longínquos. A princípio o jornalista não acreditou: três reis em Belém? Três? Decidiu imediatamente procurá-los.

Quando os encontrou, já estavam de partida e não queriam falar à imprensa. Mas ele insistiu e os potentados acabaram contando: tinham vindo à cidade, guiados por uma estrela, para ver um bebê que acabara de nascer e que mudaria os rumos do mundo.

Ele não acreditou, claro. Três reis andariam quilômetros e quilômetros por causa de uma criança? Absurdo. Certamente havia uma história por trás daquela viagem, e essa história só podia ser uma intriga política. Talvez os três reis estivessem tramando uma aliança para dominar a região. Talvez estivessem em vias de estabelecer um novo poder. Os soberanos, contudo, insistiam em sua versão.

Frustrado embora, não deixou de escrever uma matéria a respeito, falando no mistério político representado pela vinda dos três monarcas. Não se deu, claro, ao trabalho de ir à manjedoura onde eles diziam ter estado. Mas mesmo que fosse lá, e mesmo que visse o recém-nascido, não daria importância ao fato. Pobres às vezes nascem em lugares estranhos. Como uma manjedoura em Belém de Nazaré.

O trabalho enobrece

> **"Empregada doméstica. Dois anos de experiência em carteira. Para lavar, passar e cozinhar."**
>
> *Roteiro de empregos* (num dia qualquer)

Ela nunca lia os anúncios classificados. Não precisava: casada com um rico empresário, não sabia o que era procurar emprego. Mas um dia em que estava particularmente entediada, caiu-lhe nas mãos aquela seção do jornal e, por pura curiosidade, começou a percorrer os anúncios que pediam empregada doméstica.

De repente, a surpresa: no meio daquelas frases secas, convencionais, algo lhe chamou a atenção: um número de telefone. Era de sua amiga Zélia. Que estava, ela sabia, sem empregada.

De imediato, uma ideia lhe ocorreu: oferecer-se para a vaga de doméstica na casa de Zélia. Pegou o telefone e ligou. Ocupado. Claro, com esse desemprego... Pensou em desistir, mas agora que começara, iria até o fim. Continuou discando, até que, por fim, alguém atendeu. "Pronto", disse, do outro lado, uma impaciente Zélia.

– É aí que estão procurando empregada? – perguntou, disfarçando a voz. Seu prévio treinamento como atriz amadora ajudava, mas mesmo assim estava em dúvida: funcionaria?

Funcionou. Sem nada desconfiar, Zélia respondeu que sim, estava procurando doméstica. E começou a fazer perguntas. As perguntas habituais neste caso: "Você tem referências? De quanto tempo? Você cozinha bem? Você é casada? Tem filhos?".

Ela ia respondendo. No começo, animada, com muita facilidade. Sim, tinha boas referências, vários patrões poderiam dar testemunho de sua conduta irrepreensível. Sim, cozinhava muito bem. Não, não era casada. Não, não tinha filhos (o que era verdade).

Por alguma razão a conversa se prolongou e, à medida que se prolongava, a angústia dela ia aumentando. Uma angústia inexplicável – afinal, era uma brincadeira – mas avassaladora. Ao mesmo tempo, não conseguia interromper aquele inexorável fluxo de perguntas e respostas. De algum modo, tinha introjetado o papel. O espírito de alguma doméstica nela se incorporara – e não saía. E quando Zélia perguntou se era branca, começou a chorar e bateu o telefone.

Chorou por muito tempo. Finalmente levantou-se, enxugou as lágrimas. Tinha tomado uma decisão e a cumpriu: no mesmo dia, despediu a empregada.

Sonho de lesma

> **"Consumidora encontra lesma em lanche."**
> *Cotidiano,* 1° jan. 2001

Ela nasceu lesma, vivia no meio de lesmas, mas não estava satisfeita com sua condição. Não passamos de criaturas desprezadas, queixava-se. Só somos conhecidas por nossa lentidão. O rastro que deixaremos na História será tão desprezível quanto a gosma que marca nossa passagem pelos pavimentos.

A esta frustração correspondia um sonho: a lesma queria ser como aquele parente distante, o *escargot*. O simples nome já a deixava fascinada: um termo francês, elegante, sofisticado, um termo que as pessoas pronunciavam com respeito e até com admiração. Mas, lembravam as outras lesmas, os *escargots* são comidos, enquanto nós pelo menos temos chance de sobreviver. Este argumento não convencia a insatisfeita lesma, ao contrário: preferiria exatamente terminar sua vida desta maneira, numa mesa de toalha adamascada, entre talheres de prata e cálices de cristal. Assim como o mar é o único túmulo digno de um almirante batavo, respondia, a travessa de porcelana é a única lápide digna dos meus sonhos.

Assim pensando, resolveu sacrificar a vida por seu ideal. Para isso, traçou um plano: tinha de dar um jeito de acabar em uma cozinha refinada. O que não seria tão difícil. Perto dali havia uma horta onde eram cultivadas alfaces: belas e selecionadas alfaces, de folhas muito crespas. Alfaces destinadas a *gourmets*, sem dúvida. Uma dessas alfaces, raciocinou a lesma, me levará ao destino que almejo. Foi até a horta, à doida velocidade de meio quilômetro por hora, e ocultou-se no vegetal. Que, de fato, foi colhido naquele mesmo dia e levado para ser consumido.

Infelizmente, porém, a alface não fazia parte de um prato francês, mas sim de um popular e globalizado lanche. Quando a consumidora foi comê-lo constatou, horrorizada, a presença da lesma. Chamado, o gerente a princípio negou a evidência: disse que aquilo era um vestígio de óleo queimado. O que deixou a lesma indignada: eu não sou óleo queimado, bradava, eu sou uma criatura, e uma criatura com um sonho, respeitem meu sonho ou será que, para vocês, nada mais é sagrado, só o direito do consumidor?

Ninguém a ouviu, claro. Foi ignominiosamente jogada no lixo, junto com suas ilusões de grandeza. E assim descobriu que, quem nasceu para lesma nunca chega a *escargot*, mesmo viajando de carona em certas alfaces, principalmente viajando de carona em certas alfaces.

O grande suspense

> "Greve ameaça parar a máquina Hollywood. Grandes produções, como *Spider Man*, serão imediatamente iniciadas para serem concluídas ainda em maio."
>
> *Ilustrada*, 11 jan. 2000

A cena era realmente eletrizante. Agarrado precariamente às saliências da parede, o Homem-Aranha escalava penosamente o enorme edifício – na verdade uma fachada construída especialmente para a superprodução – quando de repente as luzes do estúdio se apagaram. Em meio à escuridão, o Homem-Aranha gritou:

– As luzes! O que houve com as luzes?

– É a greve – respondeu uma voz grave, soturna. – Os homens encarregados da iluminação foram embora.

Greve: sim, o Homem-Aranha tinha ouvido a respeito. Não julgava, contudo, que fosse para valer. Greve em Hollywood? Greve na maior fábrica de ilusões do planeta? Greve na cidade das mansões, dos salários bilionários? Bem, talvez os encarregados da iluminação não ganhassem tanto assim.

– Quero falar com o diretor – exigiu o Homem-
-Aranha. – Quero saber o que eu faço agora. Não vou
aguentar muito tempo pendurado nesta fachada.

– O diretor – disse a mesma voz grave, soturna –
também entrou em greve. Está em lugar incerto e não
sabido.

– Mas alguma coisa tem de ser feita – disse o
Homem-Aranha, já nervoso. – Quero então falar com o
assistente do diretor.

– Ele também está em greve. Recusa-se a falar a
respeito deste filme.

Meu Deus, pensou o Homem-Aranha, isto está
ficando sério.

– E o roteirista? – perguntou. – O roteirista deve ter
alguma ideia do que acontecerá agora. Afinal, foi ele
quem...

– O roteirista também está em greve – disse a voz
grave e soturna. – Mais do que isto: antes de ir embora,
ele rasgou o roteiro deste filme.

– Mas então o meu destino é uma incógnita? – perguntou o Homem-Aranha, entre aflito e zombeteiro.

– Para você, é. Para mim, não.

E aí o Homem-Aranha deu-se conta: estava dialo-
gando com uma voz misteriosa. De quem era aquela voz,
grave, soturna – e misteriosa? De onde tirava aquela
segurança que mostrava em suas respostas?

– Quem é você? – perguntou, agora aterrorizado.

A voz não respondeu. Não precisava responder: o
Homem-Aranha acabava de descobrir que havia um
poder superior ao da usina de sonhos e de pesadelos.
Que poder era esse, era algo que ele não sabia. E sobre
o qual não ousava sequer pensar.

Investindo no futuro

> "Internet cria especulador *teen* nos EUA. Anonimato da Web permite a milhares de adolescentes montar sua própria carteira de investimentos."
>
> *Dinheiro*, 15 jan. 2001

"Eu não queria fazer isso. Deus sabe que eu não queria fazer isso. Mas terei de fazê-lo. Não há outro jeito. Tudo começou quando pedi a meu pai um computador novo. Expliquei que, com o computador velho, estava tendo dificuldade de acessar a Internet e que, portanto, precisava de um equipamento mais potente.

Papai não teria o menor problema em atender a meu pedido. Ele é executivo de uma grande empresa, ganha bem. Mesmo assim, não quis me dar o dinheiro. Em vez disso, fez um discurso: o primeiro computador, disse, eu comprei para você. Agora está na hora de você conseguir as coisas com seus próprios recursos. Vá trabalhar, arranje um emprego nas férias. Afinal, você já está com 15 anos, e eu, na sua idade, etc., etc. Aquele clássico sermão dos pais. Minha mãe ainda tentou intervir, mas foi inútil: quando ele fala, está falado.

De modo que vou ter de tomar minhas providências. E sei exatamente o que vou fazer para me vingar: vou entrar na Bolsa. Um amigo já se ofereceu para me ensinar como se faz. Esse amigo ganhou um dinheirão especulando com ações; disse que é facílimo, mais fácil do que jogar na loteria. Vou montar a minha carteira de investimentos e, daqui por diante, passarei a estudar diariamente as cotações. Tenho certeza de que em breve estarei rico.

E aí virá o grande golpe. Comprarei ações da empresa do meu pai, que agora estão em baixa. Comprarei tantas ações que me tornarei acionista majoritário. Isto me dará poder de decisão. E assim, um dia, mandarei uma mensagem à assembleia dos acionistas: exigirei que economizem, cortando despesas. Como? Despedindo certos funcionários, cuja lista mandarei anexa. Adivinhem quem estará nela, figurando em primeiro lugar.

Meu pai terá de me implorar para ficar no emprego. E terá aprendido sua lição.

Sim, tudo isto eu posso fazer, e farei. Desde que, naturalmente, papai me compre um computador novo."

A vida nos túneis

> "PM acha túnel que liga presídio à favela do Rio. Com sistema de ventilação e iluminação, a passagem permitiria a fuga em massa dos presos. 'Nunca vi nada igual', afirmou o secretário da Segurança Pública do Estado."
>
> *Cotidiano,* 23 jan. 2001

Não se sabe exatamente qual dos presos teve a ideia, mas hoje se reconhece que seguramente se tratava de alguém com grande tirocínio e visão. Até então, o propósito dos túneis era facilitar a fuga de prisioneiros. Um empreendimento trabalhoso e nem sempre garantido; às vezes, depois de meses de árdua faina, o túnel era descoberto e todo o esforço revelava-se inútil. O homem deu-se conta da razão pela qual isso acontecia: tão logo era notada a ausência dos presos, a polícia ia atrás deles e acabava encontrando-os. Fazia-se necessário, concluiu o homem, dar um tempo. Ou seja: os fugitivos deveriam passar, no próprio túnel, um período suficiente para que o acontecimento fosse esquecido.

Com essa ideia em mente, ele e seus companheiros puseram mãos à obra. O novo túnel não tinha apenas ventilação e iluminação. Largo, espaçoso, contava com banheiros, locais de refeição, salas para TV e sinuca. Um verdadeiro *resort*, em suma.

Os presos evadiram-se por um pequeno buraco cavado no pátio do presídio, buraco este que foi imediatamente fechado. E aí foram para o túnel. De lá, comunicavam-se por telefone celular com os cúmplices no mundo exterior. A pergunta que mais faziam era: já dá para sair? Tem de dar um tempo, era a invariável resposta. Aparentemente a polícia havia transformado aquilo em uma questão de honra, em parte por causa da gozação da mídia, de modo que continuavam procurando incansavelmente o túnel.

Com o tempo, os fugitivos (agora chamados de "marmotas" pelo pessoal de fora – e por óbvias razões) foram se acostumando à nova situação. Mais do que isso, foram ampliando o sistema de túneis, conectando-o a outros presídios. Muitos outros prisioneiros vieram se juntar a eles, mulheres inclusive, de modo que em breve aquilo era uma verdadeira cidade subterrânea, autossuficiente e sem nenhum contato com a outra cidade, a da superfície. Uma administração foi eleita, vários serviços foram criados. Infelizmente, porém, problemas surgiram. Ocorreram casos de roubo e até uma tentativa de homicídio. A polícia – porque agora eles tinham uma polícia – deteve os transgressores, que foram julgados e condenados. Tiveram então de construir um presídio para alojá-los.

O receio que todos têm é que também esses prisioneiros cavem o seu túnel e que toda a história se repita. O espaço até o centro da Terra é grande, mas não é ilimitado. Um dia será preciso dar um basta aos túneis.

Espírito carnavalesco

"Ensaios da escola de samba Mocidade Alegre atrapalham sono de moradores da região."
Cotidiano, 29 jan. 2001

Cansado, ele dormia a sono solto, quando foi bruscamente despertado pela esposa, que o sacudia violentamente.

– Que aconteceu? – resmungou ele, ainda de olhos fechados.

– Não posso dormir – queixou-se ela.

– Não pode dormir? E por quê?

– Por causa do barulho – ela, irritada: – Será possível que você não ouça?

Ele prestou atenção: de fato, havia barulho. O barulho de uma escola de samba ensaiando para o carnaval: pandeiros, tamborins... Não escutara antes por causa do sono pesado. O que não era o caso da mulher. Ela exigia providências.

– Mas o que quer você que eu faça? – perguntou ele, agora também irritado.

– Quero que você vá lá e mande eles pararem com esse barulho.

– De jeito nenhum – disse ele. – Não sou fiscal, não sou polícia. Eu não vou lá.

Virou-se para o lado, com o propósito de conciliar de novo o sono. O que a mulher não permitiria: logo estava a sacudi-lo de novo.

Ele acendeu a luz, sentou na cama:

– Escute, mulher. É carnaval, esta gente sempre ensaia no carnaval, e não vão parar o ensaio porque você não consegue dormir. É melhor você colocar tampões nos ouvidos e esquecer esta história.

Ela começou a chorar.

– Você não me ama – dizia, entre soluços: – Se você me amasse, iria lá e acabaria com a farra.

Com um suspiro, ele levantou-se da cama, vestiu-se e saiu, sem uma palavra.

Ela ficou à espera, imaginando que em dez ou quinze minutos a batucada cessaria.

Mas não cessava. Pior: o marido não voltava. Passou-se meia hora, passou-se uma hora: nada. Nem sinal dele.

E aí ela ficou nervosa. Será que tinha acontecido alguma coisa ao pobre homem? Será que – por causa dela – ele tinha se metido numa briga? Teria sido assassinado? Mas neste caso, por que continuava a batucada? Ou seria aquela gente tão insensível que continuava a orgia carnavalesca mesmo depois de ter matado um homem? Não aguentando mais, ela vestiu-se e foi até o terreiro da escola de samba, ali perto.

Não, o marido não tinha sido agredido e muito menos assassinado. Continuava vivo, e bem vivo: no meio de uma roda, ele sambava, animadíssimo.

Ela deu meia-volta e foi para casa. Convencida de que o espírito carnavalesco é imbatível e fala mais alto do que qualquer coisa.

Laços de família

> **"Homem de 24 anos joga sua avó do 21º andar."**
> *Folha Online*, 20 fev. 2001

Que olhos grandes você tem, meu neto!

– São para te olhar, vovó. O olhar de um neto sobre sua vovó é sempre significativo. No rosto enrugado, ele lê a história de sua família, ele lê a sua própria história. Ele compreende que foi precedido, neste mundo, por gente que lutou e sofreu para que ele pudesse viver. Gente que o alimentou, que o embalou para dormir, gente que cuidou dele quando estava enfermo. E também gente que o maltratou, não é, vovó? Enfim: o rosto de todas estas pessoas se condensa, por assim dizer, na face da vovó, a face que o neto contempla com ambivalente melancolia.

– Hum. Não sei se compreendi, mas você fala bonito, é bom de escutar. A propósito, meu neto, que orelhas grandes você tem.

– São para te ouvir, vovó. Para um neto, as palavras de sua avó são música, às vezes dissonante, a celebrar os mistérios da existência. Ouvindo sua vovó o neto aprende a viver. É claro que vovós em geral são velhinhas e frequentemente falam baixinho; de modo que as orelhas crescem, se expandem para capturar todos os sons, mesmo os mais débeis.

– Hum. E que nariz grande você tem, meu neto!

– É para te cheirar, vovó. O teu odor me leva de volta à infância; quando entravas em meu quarto era a primeira coisa que eu sentia, esse teu tão característico cheiro. Até hoje me causa engulhos, você sabe? Até hoje. O tempo passou, e muitos outros odores entraram em minhas narinas, inclusive o perfume de belas mulheres, mas o seu cheiro está sempre presente em minha memória. Que coisa, não é?

– É... A propósito, que mãos grandes você tem, meu netinho!

– São para te agarrar, vovó. Como você me agarrava quando era pequeno, em geral para me surrar. Você me deu surras homéricas, vovó. Talvez eu as tenha merecido, não sei. O fato é que o ressentimento ficou dentro de mim, um ressentimento que jamais consegui vencer. Cresci olhando para minhas mãos, ansiando que elas ficassem fortes o suficiente para mostrar a todos – principalmente a você – que já não sou um garotinho indefeso. Minhas mãos hoje são instrumento de vingança, querida vovó.

– É mesmo? Escute, meu neto, não estou gostando desta conversa. Vamos mudar de assunto? Vamos falar deste quarto. Que janela grande tem este quarto, meu netinho! Por que uma janela tão grande?

– Você já vai ver, vovó.

(Um grito de anciã. Depois, um baque surdo. E o silêncio, mais ensurdecedor que uma batucada de carnaval.)

A distância não é inimiga da gratidão

> "Espanha terá primeira casa controlada pela Internet: será possível acender as luzes, controlar o gás, ligar sistemas de aquecimento de qualquer lugar do mundo."
>
> *Folha Online,* 1º mar. 2001

"Prezado senhor (perdoe não usarmos seu nome, mas não conseguimos descobrir qual é – foi a nossa única falha): sirva esta carta, em primeiro lugar, para manifestar nossa gratidão pelo inesperado tratamento recebido quando, na última noite, trabalhávamos em sua casa. Em segundo lugar queremos deixar registrada nossa admiração pela avançada tecnologia que o senhor introduziu neste domicílio e que – fica aqui nosso testemunho – funciona maravilhosamente.

Como dizíamos, estávamos aqui nesta noite executando o nosso trabalho – em condições precárias. Estava tudo escuro: como não tínhamos encontrado a chave geral de energia, operávamos à luz de lanternas.

Além disso, fazia frio. Não sabemos onde o senhor está – imaginamos que seja no Caribe ou numa bela praia brasileira –, mas seguramente o senhor deve saber que, aqui na Europa, as temperaturas são bastante baixas nesta época, o que nos fazia bater queixo. Em suma: ambiente bem desagradável.

Eis que, para nossa surpresa, as luzes se acendem, o aquecimento passa a funcionar e de vários alto-falantes jorra uma estimulante música. A nossa primeira reação, como o senhor pode imaginar, foi de susto; meu colega até quis ir embora. Eu, mais calmo e, modéstia à parte, mais inteligente, procurei raciocinar. E aí dei com o computador, de onde saíam vários cabos, e concluí: era o senhor que, de longe (e talvez para mostrar a um amigo), tinha acionado, pela Internet, aqueles dispositivos todos. E, assim, logo estávamos numa mansão bem iluminada e bem aquecida. O que tinha uma vantagem adicional: dava aos passantes a impressão de que os proprietários estavam ali.

De modo que pudemos cumprir – calmamente, alegremente – nossa tarefa. Esta é, para o senhor, a parte desagradável: levamos tudo, mas tudo mesmo. As joias, o dinheiro, os objetos de valor. O seu prejuízo será grande. Mas não maior que a nossa gratidão, pode estar certo. Conte conosco sempre.

P.S.: Desculpe este bilhete, redigido à mão, como se fazia antigamente. Meu colega sugeriu que lhe enviássemos um *e-mail*. Mas não tenho seu endereço eletrônico. Além disso, resolvi levar o seu computador. Sou um grande entusiasta da tecnologia.

Fantasias no banheiro

> "Empregos: candidato é testado em situações incomuns, como em restaurantes, táxis, videoconferências e..."
>
> *Sua Vez*, 18 mar. 2001

Ele estava sozinho em casa. Mais precisamente, estava no banheiro, entregue à evacuação matinal, quando de repente ouviu um barulho. Apurou o ouvido, alarmado:

– Quem está aí?

– Sou eu – respondeu uma voz desconhecida, uma voz de homem. – O seu entrevistador. Você se candidatou a um emprego, lembra-se? Por isso estou aqui. Bati, ninguém respondeu, e, como a porta estava só encostada, fui entrando.

Verdade: ele estava esperando ser avaliado com vistas a uma vaga numa grande empresa. Só não esperava que tal entrevista ocorresse de repente, e naquelas condições.

– O senhor me desculpe, mas é que estou no banheiro... Já vou sair...

– Não, não saia – disse a voz. – Estamos preferindo entrevistas em situações incomuns. É um ótimo meio de avaliação. Diga: o que o senhor está fazendo aí? Sim, sei que o senhor deve estar sentado no vaso, mas está fazendo só isso? Não está lendo, por exemplo?

Pergunta ou armadilha? Se dissesse que estava lendo, o homem poderia pensar, hum, esse é daquele que fica horas trancado – não serve. Mas, por outro lado, sabia que a empresa procurava alguém culto, informado. Resolveu arriscar:

– Sim, estou lendo.

– E o que está lendo, pode-se saber? Jornal, livro, revista?

– Um jornal. De finanças.

Silêncio. Aparentemente, o homem estava fazendo anotações. E aí, mais uma pergunta:

– O senhor tem prisão de ventre?

Ter ou não ter prisão de ventre, o que seria melhor? Pessoas com prisão de ventre passam mais tempo no banheiro; mas se o tempo é dedicado à leitura (de jornais, de informes, de relatórios) isso pode representar vantagem para a empresa. Resolveu partir para uma resposta dúbia.

– Tenho e não tenho. Porque minha prisão de ventre responde facilmente a laxativos. Posso controlá-la a qualquer momento.

Outra pausa, e aí a questão decisiva:

– O senhor tem fantasias no banheiro?

Dessa vez ele não soube mesmo o que responder. Ficou em silêncio por longos e agoniados minutos. Finalmente decidiu enfrentar diretamente o entrevistador. Limpou-se, deu a descarga, abotoou a calça e abriu a porta.

Não havia ninguém ali. Das duas, uma: ou o entrevistador chegara a um diagnóstico (negativo, obviamente) sobre seu entrevistado e fora embora, ou então nunca houvera entrevistador algum. Só uma fantasia, dessas que às vezes ocorrem, no banheiro ou em qualquer outro lugar.

O turista inusitado

> "Na rota do turismo especial: tudo é inusitado nessas viagens, do destino aos programas."
>
> *Folha Equilíbrio,* 26 abr. 2001

Ele chegou ao local do encontro rigorosamente na hora marcada. Tal como havia prometido, a moça que lhe serviria de guia já estava lá, à espera. Ao vê-lo, sorriu, perguntou se ele estava pronto para a grande aventura de sua vida. Claro que sim, retrucou o homem, de maneira um tanto brusca: aos quarenta e dois anos, já tinha escassa paciência para diálogos convencionais. Percebendo-o, a moça foi direto ao assunto:

– Vamos, então, e de acordo com o nosso programa, visitar a casa de Pedro Azir Pereira.

Era a casa que estava diante deles: uma velha mansão, muito dilapidada, a única que restava na antes tranquila rua do subúrbio, agora com vários prédios luxuosos. E estava desocupada, o que talvez antecipasse uma próxima demolição. A visita não poderia se realizar em momento mais oportuno.

A moça abriu a porta e fê-lo entrar. O lugar estava mesmo abandonado, com velhos jornais e caixas de papelão pelos cantos. Subiram pela antes imponente escadaria para o andar de cima. Ela introduziu-o a um grande aposento:

– Este era o quarto de Pedro Azir Pereira. Aqui ele foi concebido; aqui nasceu, em uma madrugada de maio, há muitos anos. Naquela época os partos, sobretudo os de pessoas ricas, eram às vezes realizados no domicílio...

Levou-o para o quarto ao lado:

– Este era o quarto do menino Pedro Azir Pereira. Aqui ele passou boa parte da sua infância, rodeado de brinquedos. Era um garoto pensativo, um pouco triste, mas, segundo todos os testemunhos, de bom coração. Ali, naquela parede, ficava a prateleira onde ele colocava seus livros infantis. Pedro Azir Pereira lia muito. Sabe-se que escrevia, também. Historinhas, claro, mas com muita imaginação.

Foram até o fim do corredor, onde havia um quartinho acanhado.

– Este era o quarto da criada, Luíza. Moça do interior, havia sido contratada para tomar conta do menino Pedro Azir Pereira. Foi com ela que ele fez amor pela primeira vez, aos 14 anos... Vamos descer para o salão onde funcionava a biblioteca? Pedro Azir Pereira gostava muito daquele lugar...

Ele consultou o relógio. Não, não havia tempo para isso: executivo ocupado, tinha uma importante reunião naquele dia. De modo que pagou à guia o estipulado, agradecendo-lhe com efusão. Vacilou um instante e depois perguntou, não sem certa inquietude, como ela sabia tantas coisas daquela casa. A moça sorriu:

– Minha mãe me contou. Sou filha da Luíza.

Ele não disse nada. O que não era de estranhar. Se havia um homem capaz de controlar suas emoções, esse homem era ele, Pedro Azir Pereira.

Não mentirás

> "Grupo rouba três caixas eletrônicos, mas consegue carregar apenas dois."
>
> *Cotidiano*, 24 mai. 2001

Tudo correu de acordo com o planejado. Os caixas eletrônicos eram enormes e pesados – 700 quilos cada –, mas, com muita diligência e esforço, eles conseguiram arrancá-los de suas bases, usando para isso macacos hidráulicos. Quando, porém, iam colocá-los no veículo, um Fiat Fiorino, surgiu um problema inesperado: não havia lugar para os três caixas eletrônicos, só para dois. Os três se olharam, perplexos.

– Não há jeito – concluiu um deles. – Temos de deixar um.

– Sim – disse o segundo –, vamos deixar um caixa. Mas qual?

– Temos de fazer um sorteio – sugeriu o terceiro, que tinha fama de prático. E, dirigindo-se para o primeiro, que era o mais jovem, perguntou:

– Qual a sua idade?

– Dezoito.

Ele então começou a contagem dos caixas: um, dois, três... até chegar ao dezoito.

– Este fica.

Colocaram rapidamente os dois caixas restantes no carro e se foram para a modesta casa de subúrbio, residência de um deles. Lá chegando, descarregaram os caixas e dedicaram-se de imediato a destruí-los. E aí, a decepção: não havia dinheiro neles. Estavam vazios.

– Como é que o banco deixa os caixas sem dinheiro? – bradou o primeiro, indignado.

– O banco não deixou os caixas sem dinheiro, – disse o segundo, amargo. – O banco não faria isso. Pelo menos um dos caixas deveria ter dinheiro.

Uma pausa, tensa pausa.

– Então – concluiu o terceiro – deve ser aquele que ficou lá.

– É – retornou o segundo. – Fizemos o sorteio com o número errado.

Pensou um pouco e olhou o mais jovem:

– Escute: você não tem dezoito anos.

O outro vacilou, mas acabou confessando: não, não tinha dezoito anos, tinha dezesseis.

– Aumentei a idade porque vocês sempre dizem que sou muito garoto.

O primeiro ficou em silêncio. Mas o que eles estavam pensando os outros dois podiam facilmente adivinhar: não se deve mentir. Muito menos na hora de um roubo importante.

Não nos deixeis cair
em tentação

> "Ladrão é preso bêbado em igreja: assaltante não conseguiu escapar após beber vinho usado nas missas."
>
> *Cotidiano*, 29 mai. 2001

O assalto não rendeu grande coisa – um aspirador de pó e um projetor de slides, objeto para ele um tanto misterioso –, mas, considerando que se tratava de uma igreja, não dava para esperar muito mais, de modo que ele se preparou para ir embora, carregando o botim. Foi então que viu, sobre a mesa, as duas garrafas de vinho.

Uma tentação para quem, como ele, gostava demais de um trago. Poderia fazer uma festa, depois, com aquelas duas garrafas. Mas não seria muito fácil levá-las. Já estava atrapalhado com o aspirador e o projetor, objetos relativamente volumosos e pesados. Além disso, garrafa é coisa que quebra. Não, não daria para levar o vinho. De modo que, com um suspiro, optou por renunciar à bebida. Mas resolveu, pelo menos, provar um gole.

Gostou. Gostou muito. Nada parecido às bebidas que ele conhecia, caninha, cerveja. Não, tratava-se de um vinho licoroso, aparentemente muito suave. Vinho canônico, segundo o rótulo. Ele não era muito versado nesses termos, mas deduziu que "canônico" tinha algo a ver com religião.

Tomou mais uns goles e aí começou a ouvir vozes. Duas vozes, para ser mais exato, as duas sussurrando-lhe coisas ao ouvido.

– Beba esse vinho – dizia a primeira voz. – É um vinho de igreja, não pode lhe fazer mal. Ao contrário, é uma bebida abençoada. E você merece, depois de todo o sofrimento pelo qual passou em sua vida.

– Não faça isso – dizia a segunda voz. – Não é o momento. Você já está complicado, pode se complicar mais ainda. Essa voz que lhe diz para beber é a voz do demônio.

– Nada disso – retornava a primeira voz. – Eu sou o seu anjo da guarda. Voz do demônio é a outra.

E assim continuou aquele intrigante diálogo, que ele ouvia bebendo. E já tinha quase esvaziado as garrafas quando foi preso. Bêbado, não ofereceu resistência.

Não se sente chateado por não ter levado o aspirador e o projetor. Afinal, com a crise de energia, quem iria querer essas coisas? O que lhe incomoda é a dúvida: não sabe qual era a voz do demônio, qual a do anjo da guarda. E, por causa disso, resolveu: nunca mais assaltará igrejas.

A cor dos nossos juros

> "Negro que compra carro nos EUA paga juro mais alto."
> *Dinheiro*, 05 jul. 2001

No começo a taxa de juros para o comprador do automóvel era estabelecida mediante um critério puramente subjetivo: o vendedor olhava para o cliente, e, se se tratava de um branco a taxa era uma, se se tratava de um negro a taxa era outra. Mas as próprias empresas deram-se conta de que tal procedimento era falho. Entre branco e preto há muitas variações, e essas variações precisariam ser contempladas mediante taxas diferenciais. O problema era: como fazê-lo?

Um teste preliminar revelou que o olho do vendedor não era adequado para isso; o julgamento final dependia muito de concepções pessoais sobre a questão da cor da pele. E, como declarou um empresário do setor, preconceitos são incompatíveis com bons negócios.

Solicitou-se a ajuda de técnicos. Depois de muitas pesquisas, um aparelho foi criado, e recebeu o nome de colorímetro-jurômetro. Basicamente tratava-se de uma célula fotoelétrica capaz de "ler" a cor da pele do cliente, distinguindo-a entre mais de trezentas tonalidades. Mediante um simples programa de computador, o resultado era transformado em um número, expressão da taxa de juros no financiamento. Nada pessoal, portanto.

O aparelho parecia a solução final do espinhoso problema. Mas, como às vezes acontece nesses casos, surgiram situações inesperadas. Uma revenda de automóveis recebeu a visita de um cliente albino. O aparelho foi aplicado à pele deste e o resultado surpreendeu o vendedor: a taxa de juros era negativa. Ou seja, o comprador deveria receber dinheiro, ao invés de desembolsá-lo. Também verificou-se que clientes brancos, depois de uma temporada de praia, eram taxados excessivamente, o que não parecia justo, e gerou protestos.

De momento, as revendas de automóveis estão pensando no que chamam de modelo brasileiro: uma taxa de juros democrática, igual para todos. E, sobretudo, muito elevada. O que tem uma dupla vantagem: eleva os lucros e dispensa aparelhos complicados.

Onde todos os túneis se encontram

> **"Funcionários descobrem novo túnel no Carandiru."**
> *Cotidiano*, 11 jul. 2001

O trabalho havia avançado bastante, e o túnel já media algumas centenas de metros quando chegou a mensagem alarmante: rumores da fuga se haviam espalhado pelo presídio, os policiais estavam alertas. Conclusão: já não poderiam voltar. O jeito seria continuar cavando.

Para onde? Para cima? Arriscado. Não sabiam exatamente onde se encontravam. Tanto poderiam sair em um terreno baldio como em uma movimentada avenida. Não, ainda não era o momento de emergir. Teriam de cavar para a frente. Mas aí o problema era outro: que trajeto seguir? Havia uma planta, mas ela tinha ficado com o chefe do grupo. Que ainda estava na prisão. Qualquer comunicação com ele agora seria impossível.

Fizeram uma rápida reunião e decidiram que não havia alternativa: teriam de confiar na sorte. Continuariam cavando, na esperança de chegar – por exemplo – a uma amistosa rede de esgotos. Mais que isto, agora era preciso acelerar o trabalho, já que estavam lutando contra o tempo. Empunharam, pois, as pás e lançaram-se freneticamente à tarefa. O terreno era arenoso, o progresso seria rápido.

De fato: dez horas depois tinham vencido mais uns cem metros. E foi então que um deles, um rapaz conhecido (por causa da cabeça raspada) como Careca, escutou alguma coisa, uma espécie de rascar. Todos apuraram o ouvido: de fato, havia um ruído, mas de onde viria? De cima, da rua? Não parecia. De onde então? Enquanto discutiam, a terra à frente deles moveu-se e uma cabeça de homem apareceu, e logo mais uma.

Perplexos, eles se encararam.

– Quem são vocês? – perguntou um dos recém-chegados.

– Nós é que perguntamos – replicou o Careca. – Quem são vocês?

Eram presos, claro. Presos de um outro presídio, situado a alguma distância dali. Como Careca e seus amigos, tinham perdido o rumo. E, como eles, haviam decidido continuar cavando.

– Mas parece que nessa direção não adianta continuar – suspirou um deles.

Optaram por prosseguir – juntos, claro – em uma nova direção. É o que estão fazendo. Só esperam não encontrar um terceiro grupo de fugitivos.

Começando a vida sexual

> **"Jovem deve iniciar vida sexual em casa."**
> *Folha Equilíbrio (Rosely Sayão)*, 02 ago. 2001

Era já um longo, e pouco inspirado, casamento. Convencionais ambos, contentavam-se com um mínimo de sexo, o suficiente para que nascessem três filhos, dos quais dois moravam no exterior. O caçula, com vinte e três anos, continuava em casa. E era uma fonte de embaraços. Não hesitava em trazer as namoradas para casa. E não hesitava em promover verdadeiras orgias. No começo os constrangidos pais só tomavam conhecimento desses folguedos pela música alta, as risadas, os gritinhos – isso porque a porta do quarto do filho ficava fechada. Mas a coisa foi num crescendo; não só a porta permanecia aberta, como o alegre par (quando era par, porque às vezes ele trazia duas moças, gêmeas) corria pela casa, sem roupas.

Os pais não sabiam o que fazer. Às vezes pensavam em reclamar – do barulho, ao menos –, mas não tinham coragem para tanto. No fundo, consideravam-se, ambos, quadrados; e ficavam se perguntando se os arroubos do rapaz não eram apenas a expressão de uma sexualidade normal, sadia. Porque a verdade é que outros motivos de queixas não tinham. O filho, universitário, era excelente estudante, cumpridor de suas obrigações. Mais que isso: não fumava, não bebia, não usava drogas. E, por último, mas não menos importante, era extremamente carinhoso com os pais.

– Eu não vou fazer como os ingratos dos meus irmãos – dizia. – Não vou abandonar vocês.

Uma declaração que os pais recebiam com indisfarçada gratidão. Entrando na velhice, os dois prezavam a companhia do jovem. E achavam que as ruidosas festinhas eram um razoável preço a pagar pelo generoso afeto filial.

Uma noite, porém, aconteceu uma coisa inesperada. Voltando do cinema, os dois constataram que estavam sem a chave. Tocaram a campainha. A porta entreabriu-se, o rosto sorridente do filho apareceu. Disse que estava com uma nova namorada, moça meio tímida. Será que os pais não se importavam de voltar dali a umas duas horas? Poderiam tomar algo num bar...

Foram. Caminhavam pela rua, ainda desconcertados, quando de repente o homem teve uma ideia. Apontando um hotel à sua frente, disse à mulher:

– Nós vamos passar a noite ali.

Foi o que fizeram. E foi uma grande noite. Tudo o que haviam reprimido ao longo da vida de casados explodiu naquele quarto. Uma celebração do amor conjugal.

De manhã, voltaram para casa:

– Onde é que vocês estavam? – perguntou o filho, intrigado.

Eles se olharam, sorriram e ficaram em silêncio. Há coisas no sexo que os jovens nem sempre entendem.

Tormento não tem idade

> "Dormir fora de casa pode ser tormento. E, ao contrário do que as famílias costumam imaginar, ter medo de dormir fora de casa não tem a ver com a idade."
>
> *Folha Equilíbrio, 30 ago. 2001*

Meu filho, aquele seu amigo, o Jorge, telefonou.

– O que é que ele queria?

– Convidou você para dormir na casa dele, amanhã.

– E o que é que você disse?

– Disse que não sabia, mas que achava que você iria aceitar o convite.

– Fez mal, mamãe. Você sabe que odeio dormir fora de casa.

– Mas meu filho, o Jorge gosta tanto de você...

– Eu sei que ele gosta de mim. Mas eu não sou obrigado a dormir na casa dele por causa disso, sou?

– Claro que não. Mas...

– Mas o quê, mamãe?

– Bem, quem decide é você. Mas, que seria bom você dormir lá, seria.

– Ah, é? E por quê?

– Bem, em primeiro lugar, o Jorge tem um quarto novo de hóspedes e queria estrear com você. Ele disse que é um quarto muito lindo. Tem até tevê a cabo.

– Eu não gosto de tevê.

– O Jorge também disse que queria lhe mostrar uns desenhos que ele fez...

– Não estou interessado nos desenhos do Jorge.

– Bom. Mas tem mais uma coisa...

– O que é, mamãe?

– O Jorge tem uma irmã, você sabe. E a irmã do Jorge gosta muito de você. Ela mandou dizer que espera você lá.

– Não quero nada com a irmã do Jorge. É uma chata.

– Você vai fazer uma desfeita para a coitada...

– Não me importa. Assim ela aprende a não ser metida. De mais a mais você sabe que eu gosto da minha cama, do meu quarto. E, depois, teria de fazer uma maleta com pijama, essas coisas...

– Eu faço a maleta para você, meu filho. Eu arrumo suas coisas direitinho, você vai ver.

– Não, mamãe. Não insista, por favor. Você está me atormentando com isso. Bem, deixe eu lhe lembrar uma coisa, para terminar com essa discussão: amanhã eu não vou a lugar nenhum. Sabe por quê, mamãe? Amanhã é meu aniversário. Você esqueceu?

– Esqueci mesmo. Desculpe, filho.

– Pois é. Amanhã estou fazendo cinquenta anos. E acho que quem faz cinquenta anos tem o direito de passar a noite em casa com sua mãe, não é verdade?

Cobrança

> "Cobrador usa intimidação como estratégia. Empresas de cobrança usam técnicas abusivas, como tornar pública a dívida"
>
> *Cotidiano*, 10 set. 2001

Ela abriu a janela e ali estava ele, diante da casa, caminhando de um lado para outro. Carregava um cartaz, cujos dizeres atraíam a atenção dos passantes: "Aqui mora uma devedora inadimplente".

– Você não pode fazer isso comigo – protestou ela.

– Claro que posso – replicou ele. – Você comprou, não pagou. Você é uma devedora inadimplente. E eu sou cobrador. Por diversas vezes tentei lhe cobrar, você não pagou.

– Não paguei porque não tenho dinheiro. Esta crise...

– Já sei – ironizou ele. – Você vai me dizer que por causa daquele ataque lá em Nova York seus negócios ficaram prejudicados. Problema seu, ouviu? Problema seu. Meu problema é lhe cobrar. E é o que estou fazendo.

– Mas você podia fazer isso de uma forma mais discreta...

– Negativo. Já usei todas as formas discretas que podia. Falei com você, expliquei, avisei. Nada. Você fazia de conta que nada tinha a ver com o assunto. Minha paciência foi se esgotando, até que não me restou outro recurso: vou ficar aqui, carregando este cartaz, até você saldar sua dívida.

Neste momento começou a chuviscar.

– Você vai se molhar – advertiu ela. – Vai acabar ficando doente.

Ele riu, amargo:

– E daí? Se você está preocupada com minha saúde, pague o que deve.

– Posso lhe dar um guarda-chuva...

– Não quero. Tenho de carregar o cartaz, não um guarda-chuva.

Ela agora estava irritada:

– Acabe com isso, Aristides, e venha para dentro. Afinal, você é meu marido, você mora aqui.

– Sou seu marido – retrucou ele – e você é minha mulher, mas eu sou cobrador profissional e você é devedora. Eu a avisei: não compre essa geladeira, eu não ganho o suficiente para pagar as prestações. Mas não, você não me ouviu. E agora o pessoal lá da empresa de cobrança quer o dinheiro. O que quer você que eu faça? Que perca o meu emprego? De jeito nenhum. Vou ficar aqui até você cumprir sua obrigação.

Chovia mais forte, agora. Borrada, a inscrição tornara-se ilegível. A ele, isso pouco importava: continuava andando de um lado para o outro, diante da casa, carregando o seu cartaz.

Esta exótica planta, a vingança

> "Plantas carnívoras atraem colecionadores pelo exotismo."
>
> *Agrofolha*, 25 set. 2001

Desprezado, rejeitado em sua paixão, ele não pensa em outra coisa senão vingar-se. De início cogitou, naturalmente, alugar um pequeno avião e jogá-lo contra a casa dela. Mas este plano envolvia numerosos inconvenientes: não tinha dinheiro para alugar aeronaves, não sabia pilotar, não tinha nenhuma garantia de que ela morreria na catástrofe e, por último, mas não menos importante, não queria suicidar-se: queria viver para saborear o prato – frio, mas delicioso – de sua vingança. Não, o que ele estava buscando era, nada mais nada menos, do que o crime perfeito: o crime que a liquidaria e que daria a ele, assassino misterioso e impune, um prazer duradouro.

E aí veio a ideia da planta carnívora.

Na verdade, o ponto de partida foi outro. O ponto de partida foi uma notícia sobre plantas exóticas, aí incluídas as carnívoras.

Ora, ela gostava de plantas exóticas. Gostava? Mais do que isso. Tinha verdadeira mania por plantas exóticas. A casa em que morava estava cheia de espécimes raros, de nomes complicados – que ele nunca memorizava: detestava plantas de qualquer tipo, exóticas ou não. Mas agora ocorria-lhe que aquele poderia ser o ponto de partida para um notável, e perfeito, plano.

Para começar, ele se dedicaria a estudar plantas carnívoras. São em geral vegetais de pequeno porte, cuja dieta restringe-se a insetos. Mas nada impedia que criasse uma nova variedade: bem maior, bem mais robusta, necessitando, portanto, de maior quantidade de proteína. A proteína que o corpo de uma bela mulher lhe poderia fornecer. Tarefa difícil? Talvez, mas não impossível, à luz das modernas técnicas de engenharia genética. Que ele, homem inteligente e culto, não teria dificuldade em dominar.

Tem frequentado vários cursos e *workshops* sobre o assunto. Conhece todos os *sites* especializados na Internet. Reuniu, em sua casa, toda a literatura especializada disponível.

Ah, sim, e já tem uma planta carnívora. É com ela que vai tentar criar o espécime vingador. É uma plantinha pequena, que se contenta com uma mosca de vez em quando. De vez em quando, ele vai regá-la. E até já se afeiçoou a ela.

Uma coisa, contudo, o preocupa: desde que a comprou, a planta não para de crescer. Atualmente, já tem quase um metro de altura. E às vezes lança, em sua direção, uma espécie de tentáculo. Ele acha que é apenas um gesto de afeto. Mas pode não ser. É é isso que tem lhe tirado o sono. É isso que lhe tem impedido de sonhar com a vingança perfeita.

A ilegível caligrafia da vida

> "Gostaria de que o ministro da Saúde, José Serra, exigisse dos senhores médicos a prescrição de receitas escritas a máquina, pois existem receitas ininteligíveis."
>
> *Painel do Leitor (Alegrette Danon Schubsky, 1º out. 2001*

Aparentemente, o casamento tinha tudo para dar certo. Eram pessoas charmosas, elegantes, cultas. E bem-sucedidas: ele, médico famoso; ela, professora universitária, com doutorado na França e livros publicados.

Mas a verdade é que não se entendiam. Nas festas, nas recepções, nos jantares com os amigos, tudo bem; mal chegavam em casa, porém, as máscaras caíam e começavam as brigas. Ele a acusava de hipócrita, de falsa esquerdista; ela sustentava que o marido não passava de um arrogante, de um autoritário. Mas uma noite, depois de uma discussão particularmente amarga, ele perdeu a paciência e desafiou:

– Você diz que sou autoritário. Você diz que sou arrogante. Muito bem. Prove. Prove o que está dizendo e prometo que nunca mais agredirei você.

Dias se passaram, dias de tenso silêncio entre os dois. Então, uma noite, voltando para casa, ele encontrou-a radiante, um brilho de triunfo nos olhos:

– Veja o que chegou para você.

Era uma receita dele. Junto, um bilhete do paciente a quem se destinara a prescrição. Um bilhete desaforado: o homem dizia que, com a tal receita, percorrera várias farmácias sem que ninguém – ninguém – tivesse conseguido decifrar o que estava escrito ali. E concluía: "Escrever de maneira que não se possa entender é uma manifestação de arrogância".

– Viu? – disse ela, deliciada. – Você é arrogante. Não sou eu quem o diz, é o seu paciente.

Sem uma palavra, ele foi para o quarto, fez as malas e seguiu para um flat. E ela ficou sozinha.

Três dias depois, ela já não aguentava a saudade. Queria telefonar para o flat, pedir desculpas. Que ele esquecesse tudo, que ele voltasse. Temia, porém, a reação dele. Afinal, saíra de casa ofendido, magoado. Poderia até bater o telefone.

E aí veio a carta dele. Dizia que tinha pensado muito sobre o assunto e que reconhecia: era, sim, arrogante e autoritário. Mas, se a esposa o ajudasse, estava disposto a mudar. Estava disposto a se tornar outra pessoa.

A carta era comovente e ela até derramou uma lágrima ou duas. Mas o que a deixou de fato impressionada foi a letra: bonita, caprichada, ainda que um tanto hesitante. A caligrafia do aluno que quer impressionar a pessoa. Teria ele treinado no flat?

Essa pergunta ela não lhe faria. Tinha certeza agora de que a vida escreve bonito, mesmo com letra muito feia. E isso era tudo o que lhe importava saber.

Sobre o Autor

Moacyr Scliar nasceu em Porto Alegre. Tem mais de 50 livros publicados, em vários gêneros: conto, romance, crônica, ensaio. Suas obras foram publicadas nos Estados Unidos, França, Alemanha, Espanha, Portugal, Inglaterra, Itália, Tchecoslováquia, Suécia, Noruega, Polônia, Bulgária, Japão, Argentina, Colômbia, Venezuela, México, Canadá, Israel e outros países, com grande repercussão crítica. Recebeu vários prêmios, entre outros: Prêmio Academia Mineira de Letras (1968), Prêmio Joaquim Manoel de Macedo (1974), Prêmio Érico Verissimo (1975), Prêmio Cidade de Porto Alegre (1976), Prêmio Brasília (1977), Prêmio Guimarães Rosa (1977), Prêmio Associação Paulista de Críticos de Arte (1980), Prêmio Casa de las Américas (1989), Prêmio José Lins do Rego, da Academia Brasileira de Letras (1998), Prêmio Jabuti (1988, 1993, 2000 e 2009). Teve obras adaptadas para cinema, tevê, teatro e rádio.

Scliar desenvolvia também uma intensa atividade como colaborador em várias publicações, no país e no exterior. Foi colunista dos jornais *Zero Hora* (Porto Alegre) e *Folha de S.Paulo*. (Neste último publicou a partir de 1993, na seção "Cotidiano", um texto ficcional baseado em notícias da própria *Folha de S.Paulo*). Faleceu em fevereiro de 2011.

Impresso por :

Graphium
gráfica e editora

Tel.:11 2769-9056